譬如朝露

寿劲草 —— 著

长江出版传媒 长江文艺出版社

寿劲草

生于1960年代，浙江诸暨人。中学高级教师。学生时代开始写诗，后中断多年，2016年重新拾笔。诗作发表于各级报刊，入选多种诗歌选本。

来自过去和边缘的力量

李郁葱

用一个通俗的比喻，每个人的身体里都住着一个诗人。也许，在生命的很多阶段，他会感受到那暗中莫名的潮汐，但出于某种羞怯，或者出于对自身命运的不确定，他宁可虚掷，也不愿用文字去写下它，去记录它，但总有醒来之时：诗意的狮子在觉醒。

对于生活在江南小城的寿劲草而言，"我总是忘记大师的名字/但我记得他们的宗教//以及他们，自我流放到人类边缘的那种情景"。这首题名为《诗歌》的短诗无疑描述出了这种状态：对于他来说，诗是生活的一种返回和召唤，它总会在恰当的时候，以某种不经意的方式改变个体的走向。我们可以想象一下寿劲草的生活，大学毕业后，风华正茂的他回到小城工作，和大多数人一样，或许是过于安稳的时间伤害了远方，他的生活平淡如水，即使自以为是的喧闹依然是简单的，符合一种体制里的秩序。

同样，按照时间线的推移，寿劲草结婚生子，漫长的时间几乎静止，他的生活似乎还是一如既往，但一些坚定的事物出现在他的生命之中，并在知天命以后以文字的形式呈现出来：

我要把这条极小的河的名字写出来

一只白鹭，二只白鹭，三只白鹭
巡视水草中的小鱼

它的翅膀和它们的翅膀
各有一对，打白云的擦边球

母亲一辈子用了一面镜子
我的衣服是镜子里洗干净的

在城里，我多么简单
我的世界局限在洗干净的蔬菜里

　　这首《同山溪》诠释了这种朴素的世界观，但我们不能忽略早年的诗学教育在血液中的潜伏：在寿劲草的大学期间，他曾经热爱过诗歌。但甚至连他自己都以为诗早就离开了他，现在的这种返回，就是候鸟返回旧时的巢穴，在隐喻的意象之后，他重新厘清了自己的内心，但那么多年过去了，到底是什么让他做出这样的选择？除了一些客观和外在的因素之外，一定有发自内心的驱动，这种驱动或许是他写作行为的源泉。

　　对于寿劲草来说，诗（文字）是一种蜜，就像他在《悬崖上的蜂箱》一诗中所表达出的态度：人与人之间或许互为悬崖，各自在自己的生活中酿造渺小的甜蜜，但"我们因地制宜，都有两只必然的蜂箱/一只盛着采集的花朵／另一只放着我们／小小的刺"。

我在阅读寿劲草诗作的时候，有时候会觉得，一个人开始写作的时间并非越早越好，对个人来说，开始写作过早的话，他对世界的注视是诗化的，尤其对于部分敏感的灵魂而言，这种固化的凝视会有其狭隘之处，我们身边有着太多这样的事例。但当一个人度过了他理智之年的大部分生活之后，他有着来自世俗的、来自另外一种源于尘埃的对人世的观察：他的诗，会抵达那种生活的复杂和幽暗。

这是一个非常值得讨论和有趣的话题，就像寿劲草观察到的："暑气在逼迫一棵树交出它的绿色。""我闯入一幅刚刚完成的静物／像鸟群中的弹药""蔚蓝的水域这样铺展我的眼睛／在眼帘边缘形成一个巨大的弧形／像一把打开的折扇顶端／大海不肯满足于自身的开阔"……又或者："我爱大部分陈旧的事物／大海、天空、它们叙述的波浪和群星／陈旧的事物发出新鲜的光／包括汹涌而至的明天。"

这种陈述的本身就很迷人，仿佛望远镜所能带给我们的距离，它是现实，又并非触手可及，而诗意，恰恰在这种距离中产生。当一首诗完成，我们所面对的诗是一个可以框定了的世界、一道门，无论它是否能成为被传诵的杰作，对于写出它的诗人而言，这首诗是一次有限度的回归。很多时候，我们要处理的远比一首完美之诗复杂和开阔得多，只有明白了这一点，我们才能够让诗和诗人合二为一。

在寿劲草升级为爷爷之后，他渐渐蜕变为温柔的狮子，一种人类影子里的生物，出于对基因的偏执，他的诗，越发展示出一种小的可能性，比如在《立春日》中，他写下了："我所脱离的寒意/会另寻一份雨滴的工作/催促肚子里的花/我抱着亲爱的孩子去公园/这是他的第一个春天/他的笑跑在蜡梅前面/在我怀抱里开放"。

这些并不艰涩，甚至有些澄澈的诗句，它们的来源依然是混浊和黑暗的，携带着个人的经验，仿佛是一张通行证。就目前而言，寿劲草还在成长中，他远非完成，尽管这对于他的年龄来说略微有些尴尬，但既然已经开始，那么诗意的冒险能够走得更远一点。

我眼下能够设想的是，当这本叫《譬如朝露》的诗集出来的时候，外面的读者会接纳一个来自小城的诗人，带着某种喜悦和发现，并对他保持着在诗人这个庞大群体中个体的尊重：他不是那种最重要的，但顽强呈现出一种尖锐的、具有个性的音色。寿劲草所要表达的，也许就在那首《譬如朝露》的短诗里。这里，我愿意把这首短诗作为本文的结束，或者是另一种开始：

他觉得人生太短
而胸膛辽阔
像一颗早晨的露珠
在完成一个大海

2024 年 1 月 1 日

目　录

第二辑 把天空读完

第三辑　你那么小

第一辑

与春天保持一致

悬崖上的蜂箱

两只蜂箱

在陡峭的地方

停放在恰到好处的位置

野蜂

在大雨到来之前

收拢各自的翅膀

我们互不相识

互为悬崖

各自酿造渺小的甜蜜

生怕被一滴雨打落

深不可测的生活

高姥山上悬崖众多

雾去风来

我们因地制宜，都有两只必然的蜂箱

一只盛着采集的花朵

另一只放着我们

小小的刺

狮子岩

我不知道"这是一股来自过去的力量"
还是来自狮子的力量
当它在我的瞳仁里停下来
像头顶的上弦月勒住这个星球中的一处冲动
从而形成绝壁的沉默
它的颈部便垂直于危险的想象
它盘踞时昂起的头
俯瞰着黄岩区头陀镇
那一闪而过的蜜橘、柿子和我。因此
我相信力量,既没有声音
也没有时间

飞鹰道上

飞鹰道弯曲的尽头
古柏苍翠
是自己坚持着的
一棵悠久的树

一路上
戴眼镜的诗人说笑着
代替了马帮
他们准备掠夺它的不朽

黄昏的手机
摄下了村庄、狮子岩、山涧，以及
超过他们心灵的安静
我看见一位老汉用掉一个黄昏

把半个屁股搭在夕阳里。回程。
他们偷偷摘下两枚柿子
尝到了人世甜头
并把时间排除在外

布谷湖

布谷湖的每一滴水都在构建

思想上的清澈

把我揽入它的怀中

并在时间层面上形成重叠

抵消着语言学带给世界的复杂性

在步行道上漫步

我自觉重新确立自己的步伐

把耳朵放在偶尔传达的

布谷身上

青山投入其中

排列着它们的灵魂

一并带入通过山巅的下午的太阳

在阔大的湖面上

用这样的水连缀起个人的秩序

有何复杂可言？

它内部，白云来自脚边

成为小镇的标志

而各种意义一一就此打住

访马剑龙潭

水的绳子

从黑色悬崖上伸下来

想要提起自身

在自己形成的深潭里

它静止

洗刷着世界

每一块石头都是干净的

在人的对面

寻找人影

延伸着溪流的方向

——缘溪行

一条细长的泥路把我带到这里

像另一条有着毛边的

渐渐收回的绳子

湖边观荷

我将在西湖边上敲响这荷叶

用夏雨

赞美的细锤

美的事物

自然有美的事物去赞美

尤其在世界的高温之中

一片荷叶

成为一片缩小的湖面

在这挨着的亲密中

禁不住一丝风

它们藏起了女舞蹈演员细长的腿

和后仰的天鹅颈

只有最外面的一排

被单反相机泄露

火 棘

一株丹桂下面，
火棘屈身

在纸板箱的叶子上布置一个手指的陷阱

卸掉花。香味。
在美的一面卸掉滤镜

偏于一隅，完成了拒绝。

即景（六）

搬入一所房子
夏天太阳形成的墙壁

光和反光
在开过花的植物身上形成了焦虑

那烧灼的一切
有一只叫唤过的蝉蜕

我所认为的无疆
是个反锁的洞穴

即景（四）

韭菜和洋葱之间

一条小泥沟是它们的地缘政治

大自然排除的复杂性

蛛丝一点点绞杀了名声

它坍塌的时候

比废弃的民居多了一些碎裂的砖瓦

我有一颗伟人的心脏

和弱于心脏的言辞

这两者之间是我的痛苦

2022 年 5 月

同山溪

我要把这条极小的河的名字写出来

一只白鹭，二只白鹭，三只白鹭
巡视水草中的小鱼

它的翅膀和它们的翅膀
各有一对，打白云的擦边球

母亲一辈子用了一面镜子
我的衣服是镜子里洗干净的

在城里，我多么简单
我的世界局限在洗干净的蔬菜里

2022 年 3 月

即景（五）

我回到自己熟悉的地方。
是否触动了
一棵最小的狗尾巴草

它偏爱的方向
是我的方向。

一个隐秘的人，在突然之间
打开了爱情

2022 年 3 月

窗台外

一株玉兰树摇曳着绿色叶片，不停地
把一部分空气推给我
这需要一个特别无聊的人
在两支不同的血脉之间建立联系

我一直生活在健忘里
十年前我受到打击
这是昨天一个朋友告诉我的

今天回忆起那座山
在我的地质运动里崛起
成为不很美但经常观看的荒僻之地

总是黑暗，在回填着这束光形成的空洞
没有其他了
像逐渐成长的时间利索地收拾了残局

现在，你要我赞美什么？ 从不安宁中
赞美小小的安宁？
自足于一次远足或者视而不见？

2022 年 8 月

雪

雪，下在地上犹如下在心上
我都有腾空的庭院
有一棵杏树
像早就准备好的善良

万一，其中一片是一只鸟呢

在人间
为它们预留一个渺小的天堂
所有瓜葛对我太重
而它们为我
提供了一个无瑕的角度

美豪宾馆一瞥

住在十七楼的空调房里

我与地面

形成了一个落差，我得以俯瞰。

步行的人行色匆匆，但被我减慢了速度

骑电瓶车的人更多一些

在辅道上，像戴着头盔的蚂蚁

又像一条蠕动的蚯蚓

他们合起来，个体追求着集体

而汽车承担着时间

从学院路的十字路口，向四面辐射

他们搬运自己。超大城市

集中了不能放心的生活

我是否在一个超低空的视角得到启示

在我与他们平行时

是一名骑士，或者超速的驾驶者

或者在电梯提升下

到达十七楼，销毁自己分配的角色

我听到知了声传上来，是一批

得不到解释的申诉者

拎着喉咙的布袋

樱桃红了

我将与入口的樱桃交换牙齿
诱人的小果实
枝头善意，坠落到人类的锋利

它获得了语言。
我的内伤是否是它吐出的籽粒？

在互不相欠的两件事中
如果我是美味的一方
同时，信任身边的桃子和杏子

将有一个天生的受害者
在命运的枝条上
鼓励万紫千红的春天

2022 年 3 月

一棵树

暑气在逼迫一棵树交出它的绿色。

在窗台的下半部分
我熟识这样一种风景： 它不时悠闲地摇动
像张贴在窗框里的启事

在日常生活中它招聘一个无聊的人。
它聘到了一个过度的太阳。

2022 年 8 月 23 日

窗 外

不知名的鸟

揪着我的耳朵

一边不时破坏着叶尖的露珠

为了吸引我

它故意把唱词吐得婉转

并把自己推荐

给我的病情

——多么动听。即便这样

我也没有得到羽毛

2022 年 9 月 7 日

一只蜘蛛

在雪白的墙壁上
一只蜘蛛缓缓地爬动着
在那里
形成一个世界

它的吸盘以及八个软爪
使它成为墙上不会掉落的斑点
在峻峭之处
保持着自我的镇定

现在是斑点在移动
牵着灯光、虚空和我的视线
在它减小的重力里，我无须猜测
这是它的事业还是它的游戏

此时它光秃秃的
不在一张网的根部
等待一只蚊子
好像这个世界回到了一个裸身

窗外的圆月贴在天空的弧面上
形成另外一只蜘蛛

它的深度

让一个卧病的人失去了热情

2022 年 9 月 28 日

青 山

一列绿皮火车到站了。
这里的麻雀特别热情，它们叽叽喳喳
撤走了时间的铁轨。
而当它想要倒车的时候，
往事又卸下了石头的车轮。

在我门口
它变成长条形的沉默。
它的窗口伸出树枝
月亮代替它喘气，成为云雾

2022 年 9 月 18 日

即景（一）

虚无下嫁于蔬菜

它是它自身的修辞

这时候枇杷黄了

杏子也抛开了它自身的酸

变得柔和、甜蜜

这些初夏成熟的果子

在现实里超过了现实，它们似乎

乐于架空一个忧心的杜甫

2022 年 5 月

一棵发财树

每天去屋顶露台
观察一次
这个春天它迟迟不肯冒芽

观察它的根部
仍有活力
它仍然是网购来的花盆中
小心的植物

两个月过去
它短短的三条粗枝上
各自鼓起了一个芽苞，细微、嫩绿
一个正面的伤口
像昨晚突然抽出的
犹豫再三的决定

2022 年 5 月 11 日

云上居一日

在云雾缭绕的地方
对面群山和低处的村庄，均摊着谣言
一个偶然的山头
隐约地揭穿了这么轻薄的事物

你不能俯瞰
世界中心的那部分洼地
不能分担浪漫主义的职责

神仙弱于事实。我们有什么事实呢？
与四位朋友一起，打开燕京啤酒
聊及友谊、菜品、厨艺
以及明日一大早下山的线路

2022 年 4 月 27 日

滨江公园

在跑步的女人把外衣

系在细腰处

内心的圣人在垂柳下

他眉头担忧的事情遥不可及

比喻不舍昼夜地

在光阴与东去的滔滔水流之间效犬马之劳

最后形成一个大海

用它的无限没收了沧海之一粟

2022 年 4 月 30 日

天天磨星

进山的时候，不可否认我的暗淡

这些事件没有发生在我身上

但发生在我心里，因此

我厌恶自己的视力。

天天磨星，这个山顶要用十点钟的眼睛。

它的磨盘是黑色的

而豆子闪亮，这是星星和大地

唯一不磨刺刀的地方。但是有一颗

溜到猪槽岭那边了。

我明白不能得到根治，病因多于

星星的药丸

这个山头把星星越磨越亮

终究有几个推磨手

山涧水声，懒惰的布谷鸟，一把实木小凳子

理想无非是这样

注册一条羊肠小道，不是命运之路

你在黑暗里掌控它

接近天天磨星。

你要的清澈不用虚构，而喧嚣

用一座山的无声彻底挡住

仙人球（一）

今天从市场买来一个仙人球。
在阳台，它静静地待在大理石台板上
像一个萍水相逢的朋友

它全身的刺形成一种犀利的质问
而它的沉默
是这个世界上闪电的不妥协

我买下它，并不是出于喜欢
我把被它收购的内心再次买回来。
因为现在，我全身光鲜，文质彬彬
我的沉默是另外一种沉默

2022 年 4 月 19 日

即景（三）

天空有些什么呢？
北斗七星，备着乌云的黑板擦
在大多数情况下
我不能给孩子写星空
这个词

但我仍然需要仰头
搜索一颗生锈的闷雷，分析
闪电的小概率可能

光一直在旷工。或许持续更长时间。
我们是被罚的工钱。
一盘黑暗料理，被下口
一种不叫唤的痛苦，成就美味

蛛 网

这个陈词滥调的意象
像一圈超声波
验收着一只天牛的软组织

风把它带到路上
像一个意外。而在我偏居之处
它加粗自恃的钢筋

接下去你们来吧
言辞的隆隆炮声，铁轨上的蛇
我将一次一次，收获精心设计的弱小

窗外的树

烈日照着一棵冬青树

我一直担心窗外的这种情形

如果再持续一个月、两个月或者更长

这棵树会怎么样

因为它已经坚持了一个月——

事实在反常性上总会超出我们的预想。

此刻它轻轻地摇动着银白色的叶子

风似乎在帮它闪躲

——不能摆脱这种光

毫无阻挡的总是这些孤单的事物。

但它力所能及地

在我的窗台底下、它自己的根部，形成阴影

当我探身出去的时候

攀爬到了半面墙壁

2022 年 8 月 11 日

在荻港鱼庄迷路

你要准备一份星际图
并与出口对应

要记住你的路径
拐角，比如一次左拐的标志

要提防黑暗
替你预设了无数个方向

你将在半夜离开
而计划必须早于落日

歧义四通八达
我必在平原的河浜里水土不服

寻找，折返，改弦更张，所有荻港
都是我的迷途

正确是一个偶然，混入
岔道、植物和黑夜里

众多的鱼躲进月亮，我这尾鱼
趁着夜色，在荻港鱼庄摸了个遍

一只假设的蜗牛醒来

一只假设的蜗牛醒来。

一场梦想剧的导演，它伸出触角，重新排练杨柳
被风吹斜的姿势
这岸边的少女刚刚送走如意郎君
而一柄闲置的木槌，像一位洗衣妇，像道具
搁在石板边缘，作为背景音乐
一只黄鹂唱着二十世纪的校园歌曲

蜗牛无邪啊，重重的壳裹住念头
躲避高跟鞋踩碎的妄想
触角蜷缩
无力触摸多年的苦衷
而我们的眼睛离开了一块雨后的树皮
进入长久的睡眠模式

此刻，一架无人机像公共碎片，掉到
杨柳四月的细皮
蜗牛迎接了一场地震
打量二十一世纪的受损程度。
它的两只触角在陈旧的背景里扬起
像没有悬挂旗帜的高高的桅杆。

一只假设的蜗牛醒来

同时提供了叫醒服务

在玻璃栈道边止步

我们不一定要到达每个地方
真相、历史，冰层之下的水流
抑或玻璃栈道

可以觥筹交错，撞出词语的勇气
却不轻易走漏内心的惧怕
玻璃栈道，这对于风景的花言巧语
这光滑的坦途
让一具古典主义的骨架挂上悬崖

我只能止步于此
计算一种透明的危险
每段光洁的生活
都让我心惊胆战，就像颂词往往被神祇垄断
我也可以揪住一棵卑微的柴草
挽救下坠的灵魂

云朵和翅膀的位置
让他们飘动、滑翔
我们不一定要到达每个地方
让脚回到地面
泥土回到蔬菜的根部
或许这也是阳光的必经之途

春天外

它站着，一棵流完血液的树

衣衫褪尽

一颗无辜的种子被岁月发芽以后

又被阳光照射

在雨水中，风尘仆仆赶赴死亡

多么悲哀的事情

多么本质。宿命无敌

当我被一棵树震撼

这棵树掉光了叶子，站在春天之外。

在世俗的春天

花朵开放，被江南的历史赞美。

我看见，水分蒸发，

四季穷途末路。

在建筑包围的下身、人类的顶部

树木以某种姿势刺破季节的谎言。

我相信，当绿色被赞美

另一种存在已经覆没。

习惯于转折，血液回环往复

在春天的词语里穿行

"到稻田中去"

秋天打开了所有的手掌
形成一个冲积平原

稻谷延宕至十一月
它们依然列队，等着孤独

那金黄色的仪仗，饱满的颗粒
朗诵里尔克的《秋日》

我闯入一幅刚刚完成的静物
像鸟群中的弹药

我把理想更换了一遍
人间一下变得美好

2023 年 11 月

一把圈椅

院子里
一把竹藤编织的椅子
安静地放在小圆桌旁边
从晾衣架上撤下来的
衣服搭在它的横背上，发出阳光
的残余气味
在它的四条腿上
一只英国短尾猫每天训练它的爪子
很多时候它要承受我。
有一次我在它上面动了怒，有一次
埋怨了世界
我坐着接过父亲端来的一杯茶。
比起偶尔的雨滴
它更频繁地接触着风
那些风每天都在穿过它的空隙
埋没了时间
但雪是最少的
现在越来越少，因为它是白的
又要挑选季节
它停在那儿就像稳着一个孤独。
我弯曲我的膝盖的时候
它托住了我的内心

并成为一个弧形的后背

我在房间躺下

等着诗歌，需要生造月亮的意义

而月光照着它的宗教并投影在

雪白的墙壁

它的影子是我漠不关心的经文。

今天父亲再次端来茶水

它发出了猫在骨头卡住时的声音

我明白它即将散架

完成我的意义

2023 年 1 月 9 日

在竹林里

在它没有哲学的表层内

空是它的一部分。当它们聚集在一起

晃动那些头部

发出的声音与远处的松涛对应

那种天生的暗示

让我们以为仅仅是风

导致了一种集体的否定

2022 年 1 月 17 日

枸杞岛看云

蔚蓝的水域这样铺展我的眼睛

在眼帘边缘形成一个巨大的弧形

像一把打开的折扇顶端

大海不肯满足于自身的开阔

又向天空移交了一半波浪

一半大小不一的岛屿

并慢慢向天空深处转移

走出了所有睫毛围筑的栅栏

最后露出了它全部的蓝色

2021 年 10 月 31 日

地 瓜

我葱绿而茂盛的藤蔓

是黑暗中延伸出来的梦想

——生命总是各有办法

在憋着气的有限时光里

找到一支吸气管

这样就找到了氧气、水分、阳光

并在低处开始光合作用

但锄头会渴望我们的淀粉

它铮亮的锋利的真理

把我们完整地呈现出来，或者

不小心伤及我们的腰部

不见天日

这不是最坏的命运

我们的椭圆肯定会经历一条

熟练的抛物线，经历箩筐

和热锅

2021 年 9 月 8 日

月　亮

月亮坚持着它的亮度
它不可一世的光芒
没有界碑、栅栏
语种的隔离墙

黑暗内部有一盏避风的灯笼
这就可以谈及灵魂
在黑夜
反复升起

一颗野草莓

姑且叫它野草莓。它让我摘下它
此刻，它让它的刺腾出一点空隙
以免扎到一个误会
那一颗小心的红矮星
交给一个没有光芒的人

它停在我的掌心里
像一个涂着口红的微笑
安静的样子，并不是人工可以栽培
那么多小颗粒
组成了一次圆满的照耀

它也看着我，用一种光线看着
一个缺点
我设计精美的尘土
有了一点点瓦解。布谷鸟和斑鸠
恰好开始盛开

2021 年 5 月

天姥山

我需要绕过的山头
太多了
它们挡在跟前

比如天姥山、十九峰
以及减半的李白

我不能以光切题
它们的阴影
不知疲惫

2020 年 9 月

初一：抹布之歌

我是干净的
使用了月亮的清洁剂。
我有许多勤劳的主妇
把自己放在清水里
揉痛轻薄的身子。

灰尘总会不请自来。
世界有数不清的轮子。
指向天空的黑烟囱
是一排熏黑自己的炮口

我是退役的旧布衣
远远不够遐想。我把你们擦成蓝天
远山、春梅的嗅觉。
假如你们还需要钟声
我先擦去谎言

你们的窗子和你们的新年
你们的春天
你们的光洁和你们吐出的骨头
等于我的肮脏和疼痛

但我不能打扫你们的舌尖和心室

因此有时候我会被你们扔掉

像一个不好的名声

2021 年 1 月

金钱豹

三只
逃出野生动物园的豹子
已有两只
被捕获

目前剩下
一只了
在它自己的世界里。

它要还原一片森林
像一个
拒绝照管的孤魂

它撇开你们的金钱
找到了豹子

2021 年 5 月

同山烧

喝下它。

它在我脸上添加了羞愧。

它那无色的

液体的火焰，炙烤一个苍白的肠胃

让我重新变得有些颜面

逼迫我大声地说出

那些哆哆嗦嗦的句子

并和你称兄道弟

2021 年 6 月 21 日

蚯　蚓

在一个始终黑暗的地方
痛苦不是必备之物

它的星星在肚子里。它卸下了眼睛
这里，没有辽阔用来瞭望

嗅觉是人的事情。泥土之下
没有气味需要敏感性

因此也不用鼻子。大多数雷声
也放弃了它的耳朵

也会有细细的铁钩
模仿蚯蚓的肠道

一般情况下，它会用瘦弱的身子
拱出一条隧道
它的呼吸是没有轮子的生命

2021 年 6 月 30 日

镜 子

保护一面早晨的镜子
这很重要
我让自己衣冠楚楚

你的眼睛是打碎的镜子
我是碎片
不能拼接最坏的品德

2021 年 7 月 5 日

屋顶上的吊床

我躺上去是一个偶然，我的后背贴着
一个悬空
那发虚的底盘
眼睛在后背反面朝向天空
一帖莽莽苍苍的投名状

我看着一本诗集
句子用麻雀的翅膀完成
这时候我想到了疲劳
白云高于所有手脚，我的正面和反面
用一层薄薄的帆布和两根绷紧的绳子提起

我下来了，没有面临悬崖
更多时候不是我。风带着大海轮流躺上去
风离开的时候，我知道它要快速晃动几下
而后又一次停在它自身的安静里

2021 年 3 月 17 日

忍冬花

我要在花朵最少的时候
开花
我在想，怎样才能开得
郑重其事一点，开得确实是花
是我本身
又不能让冬天
抓住把柄

山坡、溪谷、灌木丛中、阔叶林边
我的根系盘旋其中
——有别于那个统称
我必须在比较荒僻的位置
找到落脚点。在海拔六百米以上
的高坡
用寒冷提升我的安全性

这样一个季节，必然有所顾忌
但也反对枯萎，停止
作为对气候和土壤要求很低的植物
我天赋异禀，直到一只手
成为我的终点

红苹果

用最轻的力气开花
花费最少的春天

把重量让给秋天和甜度
红苹果装进有限公司的水果筐

刀锋和磨刀石摩擦又亲热
一只手提着一只胃

胃很大啊,他不断手起刀落
吞下好几个季节

现在只剩酷热和寒冷了
他是夏天,我得躲进大得无边的雪堆

2020 年 11 月 12 日

在露台

在露台，支取一份凌晨两点的糕点
我把我从白天捞回
茶水寡淡
像喝多的生活

我所在的位置高于地面
低于美学
不高不低的露台
适合一个平庸者，在平庸里出逃一会儿

我用星空，把今天洗了一半
这多不容易
要启用另一副旧心肠
而它基本静养

花鸟岛上的灯塔

在花鸟岛滨海的民宿里稍事休整

我和郁葱去看灯塔

塔身还没有老化，我打开门

像一把粗糙的手术刀

深入事物内部。由此

我从暗喻和意象里把它取了回来

还给它英格兰工程师的螺丝、齿轮、电路、

老牌的玻璃灯罩

以及形而下的 1870 年的工艺，把一个国宝

还原给它自身

在那些机械精准的逻辑里

它理顺了灯光，

把光源的射程奖励给遥远的船只

并把一种关系推及大海深处

由于在夜幕和海水的双重遮掩下

死亡戴着波浪的桂冠，在这道光柱里

我的桨叶和马达终于绕过了暗礁

以及迎面袭来的海难

2021 年 11 月 2 日

牧岛山庄

我爱大部分陈旧的事物
大海、天空、它们叙述的波浪和群星
陈旧的事物发出新鲜的光
包括汹涌而至的明天。
在枸杞岛牧岛山庄远眺
大海在喧哗中制造了真理的威力

2021 年 11 月 4 日

窗台上的吊兰

大雨不是突然发生的，三天以来

天空不断讲述它的故事

像一个絮絮叨叨的弃妇对准一盆吊兰

有预谋地物色了一个倾听者

似乎要把所有飞禽和生动塞进暮色

这湿润的碎片，万千坠落的词语

按住两个溺水的鼻孔

我孤立的绿在窗台承担逐渐枯黄的声名

根部显示深邃得不可逆的糜烂

太阳被剥夺抵达某种蓬勃的权力

说明光速跑不过全部乌云，这齐心合力的罪恶

快刀一般，一遍遍割下我本已圈养的绿色

我的多枝多叶仿佛对应多灾多难

每一种想法都遭遇险境。

室内那双同病相怜的眼睛不值得托付

他并没有派遣他微小的力量

我羡慕窗外那些挂着眼泪的世外高手

2019 年 6 月

废齿轮

旋转把火花溅出梦外，被转盘别住的秒针

试图蹒跚着走动

疏松的牙齿上，铁的残渣

嵌在齿缝里，犹如一丝

滞留在世间的菜梗

仍在享受短暂的余暇。而此时

休息下来的劳动者

揿下最后的按钮，锋利的动词

停息在刃口上

像一朵蜷缩的花，闭上喑哑的喉咙。

一种突然终止的力量

熄灭了另一片铁的疼痛

运动被废弃，静止在长久说话

我能听懂一头兽

躲回体内，尖锐的牙从人世撤回

2019 年 10 月 28 日

花之秀艺术宾馆

词语的滑轮
发生故障
卡在夜深的地方

句子十分为难
它瘦下去
以致不能露面

隐喻的布料
被大师用尽了
我没有剪刀一展锋刃

星光没有光顾
灵魂干瘪
弹性的情人不肯施吻

我的张力小于艺术宾馆的枕头
睡意和诗意
都不够蒙眬

身体翻来覆去
肥厚的夜抖动肉膘
一首诗，觊觎明天的底座

富春湾

尝试了多种方式
比如一泻千里
突围，绕行，让船只犁开
清澈的身体

走得久了
需要一个停顿
水面一下子就开阔了
山推成远山
远到冷
并渐渐渗入大雾
黄公望的墨汁和宣纸

我有一次惯用的蓄势
因为接下去
依次是钱塘江、杭州湾和东海

2020 年 10 月 9 日

在公园

这是一个僻静的生态公园
一条人工河扭来扭去
非常逼真地模仿了数次水患
河边排列着似乎被烧过的石头
坐上去，像坐在平息已久的火山口
河中的芦苇是冬天以后的样子
它们枯瘦得失去了思想
它们借风贴近我
呈现我需要的荒芜

我走到一架木桥上
它轻易地减低了芦苇的高度
湖水正在给垂柳拍照
月亮充当了快门
这景象让我想到了美。
那些蜡梅也是美的
隐隐约约地闪烁着它们的早春
我不知道夜有这样的引子
水杉、银杏、冬青
还有许多不知名的植物
在淡淡暗影里
继续它们各自的生命

开花的和不开花的，常绿的和掉光叶子的
挣扎着，手臂一样伸向天空的
都在自身的疤痕里安居

2021 年 3 月 4 日

桃子自述

我有一个
与视角相匹配的圆
安全的浆果
一个已知的内部
像忠诚

有舌尖上的糖分
扮演一具顺从的身体
为了获得称赞和
极刑

我的肉身膨胀，定局
花费了一生
一生是一个前奏
我将终结于一副铁齿

我有习惯性的圆
种植的甜
我的铺垫有人所共知的结尾
被弃的硬核
不是骨头，它是再来一次

过越山寺

一个人去探访越山寺——

现在也叫云居禅寺。我到庙门的时候

白云并没有掺杂进去，

我所在的海拔似乎不存在较大的落差。作为一座寺庙

免不了千篇一律——

把菩萨填充在一道深深的沟壑里

经文平息了坎坷

一样的金身，每个香客都有一个大雄宝殿。

一口大钟，我轻轻撞了一下

那声音特别洪亮

但没有感觉到真理被修复了一次。

我确实本无法心。香烛台前贴着一副对联：

知因识果得吉祥，心有慈悲添福寿

让我生出不属于佛法的领悟。

寺门前放生池边，立着一块牌子：

水深危险，注意安全。

有几棵树不相信，斜探出去

抛出长长的枝条深入冰冷的池水

使人间和佛祖都很无奈。

庙内没有一个和尚和尼姑，菩萨保持着孤独

我是无师自通，还是孤独赋予了淡漠？

远望山下，有高铁往复

各奔南北两极，
车厢里的乘客怀抱各自的城市

2022 年 2 月

一只千足虫的亚目归类

一只千足虫困于白垩纪的琥珀中
这件动物的古董，拉丁语中的"意外"
安静地趴在动物学的新闻里
受困于一只一亿年的钟表，此时
像一个蜷缩的不规则问号
叩问一次泥石流的覆盖

当同类们都被排除于时间之外
后裔缓慢地爬行在蜕变的小径上
而它瘦小的身体被琥珀固定
成为星球的远古雕塑，在异国博物馆
动物学家的瞻仰
让死亡制作一架启示的标本

意外诞生于一次固执的寻找
更多的意外躲在琥珀一样的叙述里
泥石流延伸了一条星球的涎痕
同类遭遇科类族灭，致使
一只千足虫爬进书籍的亚目

麻 雀

拉开窗帘
我看到一只麻雀
倏地一下飞走了
十六楼
不是它的悬崖

它的小个子
小巢
低于理想的飞行

它的喙太小
局限于虫子、稻米
——梦是一种罪过

它的方言
单一的口头语
坚持着单一的意思
与地域无关
但露水和树枝
都能听懂

今天早上

我和一只麻雀

拥有共同的国度

风力发电

汽车在东海大桥上疾驰

我看到数不清的风车戳在茫茫大海上

像一些被遗弃的瘦高个孩子

海风同情它们的孤独

拨动它们头顶的十字架

使两片交叉着的命运

在不动的身体上缓慢地转动起来

形成一张不能写字的薄纸

即便如此，它们的输出仍然静静地

在我身上产生细微的电击

2021 年 11 月

鸟不踏

不会再次见到这种植物了
——我想通过这个名字寻找意义
对于消失已久的事物
这是一个办法。
鸟不踏，你不能想象带着锐刺的藤蔓
会有机会长成一棵大树
规律怎么放过了一个例外？
鸟喙受伤的地方，鸟排除了家乡

总有一种事物限制着渺小的翅膀

但它在斧子前倒下，锯子让它懂得尺寸，而刨子
把它变得光滑。按照我们的意图
它成为一张八仙桌
古朴、坚硬、四平八稳，积蓄着时间
在一百年里，它被红漆涂装
完整地保持着自身的伤口，以及刺的鲜度

2022 年 1 月

仙人球（二）

我有一百句话
每一句话都是刺
我有一千个词语
每一个都是刺
我有一万个字
每一个字都是刺

我吐不出花和花一样的语言

在沙漠里是刺
养在花钵里也是
干裂也好
给我浇水也好

用全身的刺构成
难握的灵魂

去花鸟岛

梦想是一艘有续航能力的快艇
轻松地应付复杂的海况和遥远的距离
在被船底抹平的世界
它分配给我的一把软椅
我捧着手机深陷其中
从沈家湾到泗礁，从泗礁到花鸟岛
这之前更多的时候，我从生活中起身
我的窗外缺少了一个海面

2021 年 11 月 1 日

东崖绝壁

大海的刀斧手不断砍去它软弱的部分

现在它是站着的骨头

把固执的沉默描述得十分形象

让你想到岩石有着令人信服的力学

它的东部只剩下太阳

在海浪反复粘贴的压强下

它的身体上留下时间黑色的淤青

但仍然没有拒绝所有大海

2021 年 11 月 3 日

花鸟岛一晚

我的年龄告诉我

大海

不应该仅仅是大海

在"谁遇"民宿临海的露台上

我从海水中取得一杯茶,把汹涌压制在平静里

用一对子夜的耳朵

聆听脚下的涛声和远及虚无的外海

传过来的教诲

事实是,我所渴望的一望无际说明

我的视线不仅仅适合于这个人世

它也容易被一片大海叫走

只有这面辽阔而透彻的镜子

才对得起星星

在漆黑的晚上

它们站到天空表面

重新保持了它们的密度,沐浴

我久违的灵魂

并让一个超现实主义的孩子得以寄居

2021 年 10 月 31 日

在田庐

拥有一小块湿地
一亩水田和一间清洁的瓦片房
假如你的灵魂借来了燕子的翅膀
请它们住进来

请保持这些飞檐、亭台。燕子
在南方的故居
这些童年的康复者
它们用过的枯枝、春泥、必需的水分
——我们当初使用过的，并且是
最后要使用的

甚至乐意喂养这里的蚊子
我的血很多，流淌多年又无大海

2020 年 9 月 15 日

东白山上

初冬，在海拔一千多米的山上
绿色的苔藓包裹着岩石
像一张毯子捂着坚硬的东西
鸟呼吸着
更好的空气。
在阳光里张开灰色身体
有一个布满褶皱的阴影是它的。
植物倾斜着
从某个山脊一泻而下
挽救了很多视觉。
你看到远处的村庄，一个弯曲的湖
终于呈现出全貌
人仍是那么小。
你下山的时候
水也下了山

2023 年 11 月 22 日

华北平原

尽管它如此平展
我也不能看得更远了

经过华北平原
大地跟天空一样远
它们最终拼接成一条线
只在厂房林立处
形成缺额

眼睛不是屈从于一座山，也会
被一条线勒索

2023 年 10 月

三　环

每扩展一点
它都要增加一圈绳子

汽车前灯辨识着夜
把绳子绷紧

星星的呼吸急促起来
膨胀是另一个小

在北侧

在办公楼北侧
一枝玉兰不假思索
揭开它粉色的身体
没有一点硝烟的样子

我喜欢看它高出春天的围墙
形成一个人孤独的对立面
并把每一朵花
开在另一朵花旁边

在一个容易形成阴影的位置
它们竖起小头颅
由紧闭的花苞转变成
展开的翅膀

像是没有缺少太阳
只有它们
理解了阳光的核心。慢慢地
靠向我的一边

只有这样的热情
我才知道

什么是由衷地与春天保持一致

并且形成一个小范围的无限

第二辑

把天空读完

十二点

我像鸟一样睡了

我的两只手臂褪尽了羽毛

早上会粘上这些不属于我的东西

现在我穿着睡衣飞起来

是一次真正的飞行

我熄灯

是为了让天空来到我的鸟巢里

那用枯枝、树叶、殷勤的喙和唾液

搭建的理想

风　声

大风在吹着它经过的地方

通过窗口的缝隙，到达我的耳膜

这个时候是清晨

它也瞬间改变了一个人对太阳的想法

我听到

它经过远处山冈的时候

还是一阵隐约的雷声

代替消失的虎啸

这股气流是怎样聚集的呢

成为我窗帘外的唢呐、笛子、中提琴

有时候是临空的鞭笞

不断地用一截塑料薄膜的残片模拟怠惰的马匹

我一直想仿写那种声音

准确的，能够得到对应的情绪的音色

它狂野的声音制造了某种假象，像一个濒危的世界

操控在它手中

现在我要想想这声音背后的东西

这是代言

还是引导恐慌？

它替天空，在乌云里拨出一个太阳？

这一点从我拉开窗帘的那一刻得到印证

正午时分

一株白玉兰
在我二楼的窗外
分散着太阳

不停地，风掀动着它最上面的叶子
像树叶形成的潮水
涌往一边，又退回到自身

它一下一下，悠闲地摆脱
对我来说痛苦的事
在它的中心，树干与我达成了一个共识

回过头来，我觉得有点难过
为它准备的词组
太阳正在通过汗水取得

2022 年 7 月

拍月亮

这天晚上很多人用手机拍月亮
他们知道这上面
有一个虚构的故事。一片虚构的光
他们依然喜欢

当我们脱离地面，获得
意外的兴趣
我们愿意停留在意义上面。这个晚上
月亮会告诉生活一些东西

而这，要通过他们的摄像头
深入夜空——
我们不是没有愿望。不是无所事事。
但今天所能做的，只有寄托

2022 年 7 月

未完成

四点钟起床，晨星寥落
我看到未尝谋面的背部
在没有月亮勒索时
如此平坦、松弛，悬挂着缓慢的江流
我来到无人之处
旷野成为旷野
仿佛深入未获得的本质
这与四点钟仍在失眠刚好相反

太阳就要领走星光。曙光布置着
一条山线，植物开始显现起伏的轮廓
人们都要就位了，挺着他们的前胸
我的事业在于三株李子
它们从露水中醒来，等着分配糖果

2022 年 7 月

果

我从一棵桃树里醒来
回到一颗樱桃体内

李子截留了一部分梅雨
当自己的酒，它的红晕不再消退

春天过完，我和麻雀分享
最早成熟的一颗

争论甜蜜的事物
我总是比不过长着翅膀的

2022 年 5 月

音乐喷泉

你要承认这样的水流，有那么一刻
在向天空突围
它不断升高，篡改着雨水
或某种规律——这契合着我们的好奇
把常识带到反面

并用音乐推波助澜。

另外一刻，我们打开了所有喷口
在水管内源源不断的等候中
吐露可能性，并把曲子推向高潮
那支水柱最终顺从了重力
在某一点气馁，向地面收缩，从而返回自身

2021 年 10 月

原　因

1

在深山一家民宿的露台上
用一杯茶消磨下午
天空成为有限的大海
鸟儿有许多种，风
没有停下来
也没有动摇到树身
这时我没有犯错
因此不会引人注目

2

在这个绿树围绕的秘境里
细雨滴答
天空把一个很大的花洒悬在上方
一个人自主
表达了内心的喜悦
我迎合这些赐予我氧气的东西

3

我第一次用心
读完一首诗
我不知道是不是他的诗
因为存在一个译者
——但这次我相信
月色总会把一首诗翻译准确
这些事物想要俘虏的
不是你的肉体

归园田居

一个从事比喻的人
撒下种子，盘点得到真理的地方
太阳是一个证据
又从春秋那里得到论证

看着整齐成行的果树，从视线延伸出去
像握着一手好牌。夜晚
星星都在天空的灯具厂打工了
前山和长高的豆角，都是守夜人

樱花热情得没有底线
在黑暗里挣脱它们自身的颜色
南瓜不去瓜棚投诉冬瓜
大蒜与韭菜混为一谈

我热爱
这些围绕着心灵的东西
和以血脉为路，在走动的亲人。

傍晚六点
溪水不厌其烦清洗着月亮
慢慢地，光在狭隘的村子形成通明的小格局

安静猫在一声清晰的蟋蟀里
又以一缕渐渐弥漫的雾气示人
枇杷安居乐业，好像人性并不复杂

世界成为一只入睡前的手
抚摸一个抛弃比喻的人。明天早晨
锄头和铁锹在露天健身房
我将通过体力劳动铲除自己
偶尔唤一声大黄
将会有三条以上的尾巴表示忠诚

2022 年 4 月

亿　泽

他们说，我到亿泽去。或者说
我刚刚从亿泽出来。
我一直在思考
亿泽是什么意思。现在是午夜
我突然发现了这两个字
在夜色中，泛着红光
像笔画组成的孤独。
它们竖立在一幢建筑的顶部
仿佛两个不爱的人住在结果里
蟋蟀的鸣叫，显得它们
刚刚从白日中醒来
而黑暗使它们特别醒目，代言着
睡去的窗户——
我仍然不知道亿泽是什么意思
它是否真是一个住宅小区

写 诗

这几天停止写诗
我从事件的本质
返回到生活的表面。我没有负担
卸下水滴和青苔。
我明白世界有一个深度
其间，词语围绕着我，氧气稀薄
我无法超越下潜时
屏住呼吸在时长上的局限

不 空

偶尔看见一只白鹭朝着青天飞去
草地上
移动的影子记录着它的飞行之后又忘记

这么热的天
我时刻关注阳台上的这盆多肉
这个植物中的人民

给它浇水
一天天熬过今年的酷暑
我对望尘莫及的东西一概不感兴趣

2022 年 8 月 25 日

纸　熊

永远不要
走到辞令之外，

不要突破这张纸的边界。
装出咆哮的样子

就可以了。
那个矮个子演员其实是一个驯兽师。

2022 年 9 月 17 日

秋分日，无关秋分的诗

黑与白的胶着

并不意味平分秋色，在哪一刻

天以颜色实现了革命

我真的不知道

我仔细观察过乌鸦的扇动

在比树枝高一点的地方

它的确花费了大过身体的翅膀

但它没有能耐

它的黑太小，天空太大

因为我还能看见

——在屋檐下

我总能看见一些隐瞒已久的秘密

第一颗星星是标志吗？

它贴着自己的沉默悄然出现

并刻意淡化亮度

它想甩开黑夜的逻辑

无意成为失意者推卸给诗歌的借口

我理解一个单身主义者

对落日的启蒙

那么在时间上做个界定吗？

群山以一列高铁开进一个轮廓

问题在于

我怎么把握这个点呢。

蟋蟀开始鸣叫

我感受到微风在穿过一个漏洞

月亮突然开始行走

2022 年 9 月 23 日

非诗人

写出来以后
你不会再去照看这些灵魂
它们的背部是一道虚无之墙

风的腿部和雨的拳套
比赛着
谁先把墙上的这组词语击溃

因此地域显得致命
一堵糨糊墙
你为花和技艺赋诗，且自得

你叫我说什么好呢？

夜深人静

尘埃代替了词语形成的坑洞
重新成为隐秘的主人
而我绕过我不想见的名字
陷入迷茫：
月亮还是我用好奇挂出来的吗？
它是否是一个岁月的变节者？
因此，尘埃和我都不能落定

空　白

平静的湖面上

酒店大楼练习倒立

柔软的柳枝和芦苇一起效仿

我看见一个头

从太湖石底部探出来

我看不见更多的东西

我的想象受制于星星的颗粒

亮度，此刻所处位置

恰好在一个空白里

2022 年 5 月

设　计

嘴的中央没有舌头
那就好多了
恐吓将不能通过声音，抵达嘴唇
语言的猎枪失去基座

我们用手说话，
造房子，种水稻和土豆，
做不可启齿的事

一只鸟偶尔穿行其间。翅膀上驮着自由。
因为没有舌头
没有卷舌音，想象变得辽阔
变得直接一些

2022 年 5 月

封神记

草地上
一只彩色气球
一根被自己闭环的皮筋
胀满了自我空气

它多么轻薄啊
在更大的空气里
飘啊，飘啊
像一个取消心肠的空肚皮

它快速升腾
逐渐离开了一些瓢虫的惊呼
它要接近一块耀斑
实现了对翅膀的蔑视

它飞得多么高啊。
没有一根绳子。
没有一只手充当回收器
它本身不会从一个极限中回来

唯有它的碎片
落进重力原理。

这个时候，彩色气球已经脱下了天空

挂在事实的枯枝上

2023 年 9 月

没 有

大风刮得正紧

但没有雪

没有山神庙，以及一只挑在矛梢的酒壶

只有风发出很大的声音

没有一个人跳将出来

对陆谦大喝一声。

——那么风车在哪儿呢？

没有谁

向塞万提斯借来一个堂吉诃德

2022 年 5 月 13 日

不 题

让我裸露嘴巴、鼻孔
乘坐某次高铁
从一个城市通往另一个城市

我的对面有另一只酒杯

我有另一批词语,
冲撞你的耳膜。而你的咽喉必须是保密
局。

2022 年 4 月 18 日

蛙或蟋蟀

如果爱它，它自身是音乐。

喉咙的乐器

是一把单簧管。

如果你听惯了语言之后突然爱它

便会在静默的晚上认识到

粗糙的音阶发出迷人的魅力。

如果你宿于童年

住宿的床上，爱它就是爱着清晨的鸟

它们是世上少数几个诗人

简单地

把发声器官制作成排箫和鼓乐

而大自然是唯一可颂的对象

天　牛

贫穷，会把一头天牛
奖励给儿童

它静静地趴着，像自由。
黑暗的甲壳
有一张桑叶的地域

它的触须竖起来，搜索我的敌意
我有一双饿瘦的小手
作为它的笼子

它吱吱吱叫着，一种弱小
失身于另一种弱小
它没有软腰
用来挣扎

它有两条后腿，但没有后路
这个儿童没有玩具
凑热闹的儿童没有抖音
等着天牛放一个臭屁

后来认识了法布尔
而我已经不再有趣了

平　静

它不流动
因此没有时间与叹息

一杯缩小的辽阔水域
火在分子里

当陶瓷成为仿真的岸
水成为课堂的孩子

我犹豫着是否把它倒回大海
波浪倒逼内心深处

脱　发

我在一根发丝里吗
那么，数不清的我已经不知所终
而我成为稀疏的我们

你看，我们在一个头顶的
那种不起眼的孤独
太阳形成的疼痛和风教育下的冷落

雨的那一点冰冻。我的援军
是不可再生的我们
半途而废的青年

热衷夭折。
有一面被月亮看见的
漏洞百出的小型白旗

过早的屈服。或者也是
寥寥无几的抗议
无效的心，被忽视的重大事件

2022 之春

说着就来到这个时候
花开了
气候也十分正常
水仍然绿得跟农村一样

看油菜花的人
关在城里
我还有一颗应该的心
关注着发生在远方的战争

樱花谢过
梨花就要开了
桃花抢注了仲春殷红的商标
这么多花前仆后继

也安慰不了
这个春天

通过树林

懵懂初醒的人会留意鸟鸣
那些婉转的音调表明它们的语言
并不单一，
从而探究到它们的内心
正在迎接早晨
我可以想象到一些轻快的跳跃
树叶滴下水珠。它们的尖喙
在迅捷地接连地挽留这些
被误认的虫子
甚至差点站不稳——
我是这样恢复知觉的。
我的知觉落后于鸟。而光总是
通过屋后的树林照到我。

办公桌

一台电脑，一台小型打印机
大部分过期的废纸，杂乱地堆放在纸板箱里
我总是不愿扔掉过去

深陷在一堆准备交接的指令
但有时候深陷于软皮椅子，想起西藏。
我总是想，办公桌击退的雪山

麻雀侧过颈椎病。一枝很普通的广玉兰
在七月的烈日下摇晃
它的很多叶子有点枯黄，似乎准备接管我的未来

读一首诗

我不想看到题目，就像不想看到一张设计图。

看看建筑内部

它的走廊，壁灯多么朴素，我走上去特别安心。

大厅里悬挂枝形吊灯，像一群人

在举办沙龙，演说着光

小房间内的台灯是一个词语

以一个细节获得主人青睐，在床

和四壁之间形成准确性。

从另外一条通道进去。我在摸索可能性

像写着另一首诗。

我并不想懂得它，只要它给我一个迷宫中的将军

2021 年 11 月

意　义

我临时栖身于
医护大楼对面的
不存在里

看着遥遥无期的病人
隐身窗户体内。
这让我确凿无疑。

在一个人寂静的时候
突然明白
世界走到了对面

在一条城市马路这边
无病呻吟的空房间
那边的新生儿撞击着深长的蝉鸣

夜

闲得无聊，去制造一个夜。
我依次熄灭了灯、商业、期待
云层管理我不可攀的光源

这下彻底暗了。我在写诗时
自然运用暗喻，又用非常发达的想象
拉近暗恋对象

我没有感到一点点恐惧。很庆幸
我没有想到拿掉空气，因此呼吸自在
没有谁批评我
孤立一个让头脑成为黑夜的人

本　性

在剥离了诗和远方之后

我仅仅是想

从一片丘陵的生活中抽身

看看连绵的雪山

在高出我们不到五千米的地方

哈达披在山脊线上

看海，一只海鸥如何盘旋着

不断地试图叼走海浪

把它当作一辈子的工作

并继续失败

蝉与我

在高温中

听那蝉声叫得悠长

深入子夜

我想强调的是

现在是在七月的夏日

它还不是秋蝉

哀叹自我的尾声

它现在只能对夏日有所交代

在枝条暗色的地方

代替桉树的默然

风把它的声音带到远处

在一只蝉的壳内

有一个天赐的蜂鸣器没有作废

就像皮肤之内

我还显得非常真实

把一种震荡

紧紧裹住

2022 年 7 月 25 日

雪　地

这时我想把那个人摁倒。
在被压弯的草尖上，雪完成了
一个白色的印子。它是不是逼真得
像看上去那么单纯？

2022 年 1 月 14 日

诗　歌

我总是忘记大师的名字
但我记得他们的宗教

以及他们，自我流放到人类边缘的那种情景

江　流

江水不停地流，流出了我们

到我们看不见的地方

试探着未知

它如何拐弯，形成一个漩涡

或者其中一片大海

取消了这条河流，我一概不知

使我不敢贸然评判这个空间和命运

绕开这个日子该有多好。

夜晚和城市都出奇地静默。同样静默的

思想关在大师的匣子里

我在寻找瞬间

比如微风，让其中一片叶子

在叶子里颤动了一下

而后许多叶子在江水中形成波浪

这时，你们正在休息

而我与之心照不宣。比如

一条江流，传染断流的病毒，是什么

在掩饰露底的河床

虚构地面上一道彩虹

在意义上面

我把意象放在诗歌距离最远的边缘
而后摆放词语的路障
我将与词语对酌，灌醉它们
它们摇晃在某一丝波纹里
选择一些可能性，或者去向不明
而我又移去了所有水面路牌

因为我不能轻易交出内心
这也是因为
我不相信一只鸟，它从现实里飞过来
举报一颗星星

一股江水带着天空
它来否定说话的人

2022 年 8 月 13 日

老　花

我看得见从前看不见的地方。高处
乌云不断集聚
动图一般无中生有
三只白鹭开短暂的碰头会，而后
一只向南，其余两只各飞东西
它们白色的羽毛里
牵走乌云的残片，似乎为我腾空
一片清白的天空
远处，一只蚂蚁举起折断的小头颅
爬过自己的怜悯
甚至看得见清风，流放一粒尘土
替枯叶夯实秋天的墓冢
放眼望去，我看见落日制造的暮色
星光和异乡
看见春秋在礼乐中过渡
——老在老花中澄清了更多事物
只是，我看不清近处的词语、面目
和口中吐出的刀叉
它们都是黑漆漆一团

三手阳光

我看到阳光，暗夜里打折参与

售卖水波的光芒

一种恰到好处的引力，虚无的明亮

勾勒环形山的阴影

距离保持古典的幻想。月亮叫来李白

另一个影子在河里

重新端起唐朝的酒杯。我们

从未如此接近。那一轮硕大的圆

抓起整条山脉

放进长安、悲悯、怀想。借助酒劲

星子、蝉和佩剑一一复活

带来深处的问候。这是深夜

我有三手以上的阳光，褪去聒噪

用旧的前额，探到宿鸟的门道

太　阳

很久没有私访了
你的便服
被人长久借用

因此你变得不够亲切
温暖，你的星系
减少一个星球

你的正装
套在别人身上
似乎也有一点庄严

你被拉入比喻
可是大面积霉点
不太服气

有一棵树守口如瓶

在我的故乡，找到了你的故乡
你是一片飘荡的叶子
还是伸到邻县的一条枝干
在一个叫磨石山的村庄
有一棵树守口如瓶

祖先停留过的地方
都可以认作故乡。你初来乍到
与故乡寒暄、合影
称兄道弟
在一堵宋代的墙上找到枯藤的影子
好像看见衣衫褴褛的先辈
这已经足够

字第不符，我们都是被族谱遗忘的孩子
有些遗址不是最初的痕迹
我们无法寻找来处
正像河流，可以找到源头的一摊水
却找不到最初的那一滴

正像磨石山的一棵树
枝繁叶茂却沉默不语

看见又无法对话

只能远眺，让心中的风与之对接

但看不到

埋在泥土深处的根

雨的方式

这雨，该下的和不该下的都下了

它所替代的

除了阳光，还有春天、花朵

一把闲散的锄头

被深深浸润的泥土

渴望收成的粗糙的手。

曾经绽放的，接受枯萎

曾经普照的，接受灰暗

干净的接受泥泞。

地在地上，能接受的

只有晴朗和甘霖

这些都会突然丢失。

天仍在天上

所有的节制突然倾泻。

我们每天聆听故事

终究被一个真相撕破

它用雨的方式告诉我们：

无法阻挡，不必拒绝。

也算登高

凭栏也好，登高也好
了无古意
辽阔的忧伤已被稀释。
我在黑暗中看见繁荣的灯火
汽车歌唱着尾气，南来北往
一辆接着一辆
江河安静，在两岸盛世的堤坝内
养育建筑的倒影和几条小鱼
大水似乎非常遥远。
远山苍茫，在词语背面入睡。
多么明智、美好
我抚摸汉白玉细腻的皮肤
学习古人的手势，拍遍栏杆
未能感受他们的滋味。或许
在很多页码受尽折磨
看到前面的古人
也看到浩浩荡荡的来者

中秋（二）

月亮并不能照见

我的思想

只是我把人间大多数的忧心

在这一天

借它悬起来，镀上光

变成圆的样子

2023 年 9 月 29 日

片 刻

醒来，看见文件柜从地板
上升至天花板
它的外立面，一体庄严的漆
像一个肃立的人物
努力收紧它的膨胀的腹部
我突然震惊于
它腹部这些徒然的书籍。
有一刻我放进它们，取出它们。
日复一日
一生中，最明亮的日子
我阅读了这样圣经般的文字

2023 年 9 月

蛙　鸣

黑暗省略
大多数声音

蛙是例外
像我占用的
一种叙述

闭嘴如同闭灯
词语和光
在它们各自的肚子里

我张开的耳朵
它的隐秘性
是人体制作的成功
接收着
更重的黑色幽默

我的耳朵也便于
出席一场合奏

一种发出来的声音的光
经过星星批准
奉献了它的胸腔

立 冬

此刻冬天通过心里
到达我的手指
给所有的词语降温吧。
我将质押给沉默。给意义
一个冬眠的洞穴

没有来年。时序在摇晃之中
淘汰现实的花苞
我不是一个赋予春天的人

2022 年 11 月 17 日

无聊游戏

我一直疑惑

这样写诗还有什么意义：

他放弃了叶片上说话的风

如何在湖面进入沉默

他重复着词语

不关注那只遗传的鸟如何变成一个

人

一个月亮怎样倾斜

却被一份报纸自证圆满

2023 年 11 月 4 晚

失眠的年

我平躺在黑暗深处

我的心成为一个锤子和一枝芦苇

锤子敲打着那枝冬天的芦苇

除了败絮扮成的雪花

我始终不能完成

对于一个明月的精心雕刻

这样一直持续到下一年

2023 年 11 月 4 日晚

一夜大风

神驾驶着它的愤怒

它的油门从天空踩到十六楼的人间

发动机持续加大的轰鸣声

撞击一个人的耳膜

西北风高度超速

在一切墙角熟练地玩着漂移

你看不到的事物显示着降解的力量

并催生象征

大自然总有一些惊人之作

2023 年 11 月 4 日晚

中 秋

这个晚上我在想
怎样让一句诗从月亮里逃出来
让喜欢去天上
喜欢喝酒的太白追赶不到
现在他要意识到孤单
并从陈子昂那里截到另一句

2021 年 9 月 15 日

闭　灯

我熄灭自己
现在我的身体是一个退火的炉膛
一个从里面暗淡下来的煤球

我不想成为彻底的灰烬
那么在持续的火光里，我突然止步
黑暗将是另一种营养

2020 年 11 月

无关我事

天空没有变，天色变来变去
这是已知的部分
我的眼睛看了最近五十年
雷暴。闪电。其间偶尔垂怜的阳光。

我的灵魂中始终摘不掉的一个星球
不是人造卫星。
它有一颗心那么远。我很好奇
我关心的事，总是无关我事

通过夜，我将过渡到一个未知
我有高概率的推测
未知不会放晴，短时间等同于已知
而我仍然把下一秒的灯盏延后

2021 年 4 月

子公司

柴火躺在账户上，我是出纳
难为无米之炊
因此基本不用支出，是世界的闲职
或者是锁在小城市的私章
没有用来盖戳的星群

我是深爱着的。比如预支一场大雪
月亮从水中捞起
空壳子公司在倒闭前成立
试图替有点起色的灵魂脱困

2021 年 1 月 21 日

匮 乏

你看到了月亮
你没有看到月亮

乌云的专横压低了光线的想象
刚才，暴雨挤走了细雨倾斜的自由

一切已存的词语一点点进水
比喻的库存形势严峻

你看到了鸟类
你的翅膀理屈词穷

2021 年 6 月 13 日

他 们

不能没有伤口。
他们说了事业，也说独身。

撒过盐就好了。
世界不在十八楼的悬崖
没有人群的地方
都是良药

他们忘记过血
活了八十岁

疤痕里打雷的时候
故事会跑出来，是涓涓细流
不会漏掉一条皱纹

2021 年 6 月 24 日

小　暑

今日小暑
我在纸上画了一个太阳
纸上的太阳
淹没了天上的太阳

下雨还是不下雨
纸其实没有回答任何问题
情势已经很明朗了
明朗而不是清朗
我的干旱显而易见

2021 年 7 月 6 日

习 惯

躺下来，把头搁在黑暗中
头就成为一个黑洞

词语的吸尘器和
光的密度。不能脱逃的暗物质。

身体远离了劳动
递给蚊子的针。有形的事物左右为难

一边抓痒，一边稳住中心思想。
唱诗班中
歌声最动听的那只蟋蟀
搬走了一半修辞

2021 年 7 月 8 日

我活在无数个祈使句里

你去找逻辑

在没有逻辑中

你试图登高，摸到一张纸

断崖把最松脆的绳子递给你

你在梦里规划了一切，一切是梦境

图纸是一个玩笑

但设计感不错

这样想比较悲观

事实是

在赞美和祈使句里

你睡得很踏实

2020 年 11 月 6 日

世界在我的眼睛中醒来

在拉开的窗帘后，一帧未装裱的长方形山水
幼稚、朴拙，出自孩童之手
天有点蓝，白云停在稍远的地方
像一面过早举起的白旗
向阳光幸福投诚。你猜得到
陶朱山比我醒得迟缓，山脊在呼吸中起伏
天空犹如锯齿，一截黑暗断在另一端
渐渐隐没的星星
像一颗一颗缓缓离开的露珠
沿着时间清洗我的宇宙
一只小鸟在窗台，以它著名的翅膀
跳来跳去——
明天我要事先撒一点米粒

窗子是一个井口，我是井底之蛙
一瞬间，我恍惚了
以为这就是全世界

2020 年 11 月

荒芜

我喜爱这样的荒芜
泥土、水和枯萎的组合
对于季节的忠实
比桃花的语言和举起的手
美丽

2018 年 11 月

立 春

蜡梅是列队的花束，是冬天忘记熄火的马达。
它们的转速大于定律
它们恭候，又充当引信

气象学分发春天的门票
且从不爽约。南方的灰雀
开始合唱片头曲
但蒲公英的降落伞还在殷勤运送
冬天的辎重。

春天必定面对残局。植物的棋子
要重新归位。
在荒芜的棋盘上
五个小卒挥师南下，只要自定规则
将军的老巢是一座空城
世界的启动仪式是一辆行进的军车

小花鬼针草摇下积雪的窗玻璃
它的种子在它枯萎的身体里
我的愿望早于蜡梅
我的春天失去了双腿

我　是

两根反向交接的绳子
我在绷紧的交接点

我至少有四只手。我是我的四只手
至少两个背道而驰的身体

我是我有弧度的背和
平行的肩膀，两根对立的尼龙绳本身

我是我使出的全部力气
它们坚持自己的方向

我是两个国家的宿主
它们完全敌对，躲在我的深处

有时候也坐到谈判桌上
但互不相让，缺乏谈判技巧

因此必定谈崩。其实它们
从来也没有好好谈过

2020 年 12 月

今 天

西伯利亚，冷空气否定了一棵
未经批准的白桦树

冬雨浇灭了阳光的大选
草木的选票还不能客观地投给堂吉诃德

这边，雪的骑士在赶来的天空中
发烧的平流层耽搁了它的行程

上弦月的弯刀略显生疏
黑暗仍然驾轻就熟

平板电脑里，我顺从于著名的笑星
喜剧的麻醉液缓缓输入夜的静脉

2021 年 1 月 25 日

说珍珠

在一具闭合的肉身里，源源不断的黑暗
传送修炼输入的汁液
它孤独地放射体内的闪电，像得道的僧人
暗藏舍利，在世间庙宇
接受香火般虔诚的朝拜。一个初尝
爱意的女子怀着鹅蛋脸的春心
结出死里逃生的暗胎。一种心甘情愿的落寞
有着高贵内核
在丢失盐分的眼泪里遗世独立
并重新命名了玫瑰、野百合和雪中的孤松。
大海满腹泥沙、波浪和暗流来回搬运
未经灯塔批准的泡沫和沧桑
却把一颗内敛而坚韧的心脏投递给赞美诗。
一粒真实的珠子躺在蚌壳的伤口里
等待一种正确的打开方式，就像一颗星球
挣脱昏昏欲睡的公转
吐露独立的光芒。此时，
在一家公司的玻璃柜里，那粒珠子
以凝固的姿态展示散落人间的天使之泪
同时展出的，还有蚌壳里化石一样的疤痕

2019 年 5 月

陷入诗集的牙签

一根牙签掉进书缝，一种奇妙的响应

发生在稍不留意的瞬间

莫非我远远不够

调制一枚锐利的词语，替竹叶

发出风的声音

吟诗的牙缝里，还有残迹无力清除？

以致百般抠挖，也无法让

尚有毛刺的竹针

回到两指之间，似乎这小小的躯体

不愿再次替我扫除口中的菜叶、肉渣、花枝

或许像一记暗号，逃离喑哑的掌纹

跟另一组句子接头。

我尚未剔除最后的孽债

你却先入为主，在一本名叫《越界》的诗集

做了卧底

2019 年 8 月 19 日

放箭的人

放箭的人，把自己放在弦上

等着紧迫的呼吸

在空气里响成呼哨

为了那只麋鹿，我是一闪而过的快感

我是被教育的窥视者

等着烟雾裂开与合拢的一瞬

命中皮毛

因此我喜欢飞呀，带着风声和

人世的知识

一支飞翔的箭为落点所擒

2020 年 4 月

立 冬

今年的霜降虚与委蛇

水滴一直不肯

交给白霜

不够冷啊，蚊子的毒刺

仍然在温度边缘欲罢不能

死过的词语

都找到接盘手了，新的

转折没有到来，需要在身体的火堆里

完成一根寒冷的比喻

冻僵一根毒刺

或者干脆是我吧

但灰烬和洁白之间

没有找到相似点。作为过渡

立冬有别于道义上的失信者，接下去

小雪、大雪逐层铺垫

盖住大地的虚火

2020 年 11 月

正月十六

正月十六，天色又一次阴沉下来

天要把它的想法变成雨、雪，或者雨夹雪

作为一种呼应，一枝蜡梅降低了香气

那些叶片徒劳挣扎，风让它们成为飞不走的薄翅膀

散装的麻雀有各自的路径，各自的居所

没有白云，没有明显的乌云

天空是向下加厚的黑砖，质量上好，没有一丝缝隙

不久以后我是一个雪人，还是一个雨人？

我能否抛弃这种象征？

我不能改变，尽可能地相信了大自然

在春天自身的法典里，赋予所有色彩公平性

并承认一朵花下野，一朵花登台

2022 年 2 月

偶　省

我的两个鼻孔和嘴，不能返还的
词语和大话
我提供了多少数量的混浊
我该怎样对自己的天空负责
尊重大山深处
一簇顶住寒流的千里光

2021 年 12 月 21 日

悲观论

诗歌检视着一个秋天
从某片落叶里捡到悲凉
你怎么能为满目荒芜叫好?
荒芜是本质的东西
你不可能为本质叫好
也不能叫停
它有一个去处,会在另外的版面上欣欣向荣
这样,诗歌从落叶手中接过了死亡

春天肯定会虚晃一枪
你的力量在于排除了
乐观主义的鲜花,分娩出洞察力

2022 年 1 月

半　夜

半夜是一个掩体。黑色涂料
修筑星星的工事
我藏匿，或者定点清除。
天空多么澄澈——这是真正的天空
像无限展开的想象的蓝色复印纸
对应童年的版本
故障的宇航器，重新修复成光速
且没有噪声
半夜是一次转移
从一个缺少鸟鸣的阵地

2020 年 11 月 1 日

患病的代词

你已经被兑换得非常稀薄。一个收集闪电的人
丢失了身体
他是匮乏症患者，早就忘记形容
忘记游戏、献词等必备之物
脚战胜头
提着反向取景框，血败于跟随
败于探望一夜的昙花

他的纱布没有治好心脏病，他的药丸
没有治好沉默
香灰没有治好宿命。他的
著作没有治好道路
他的狮子丢失，无法治好尖叫

名词纷纷溶解。他已经下落不明
他对自己保持最低限度的宽恕，却被一再突破
比如手足、爱人和鸽子
一只蚂蚁和所有人称。比如住在山上的祖父。
想起一个名词就是一把灰尘
暮色就升到了眼睛的一部分

在乡下

拥有一个小山沟里常见的冲积平原

狭小、肥沃，是种高粱的熟地

瓜田李下

散开一片慵懒的村子

白鹭不疾不徐

觅食，起降，浑水摸鱼

前山后山是两道平行的眉毛

每日印在蜿蜒而来的同山溪上

像两个促膝的亲戚。

春雨刚刚停下

蔬菜和青山又被洗了一遍

那颜色多么天真

只有大自然才返老还童

气候和海拔不高不低

拒绝了比喻义。

"就靠在你所居住的地方

待在那里就是一种事业"

我端着一杯绿茶，在门口坐一会

像一个万夫莫开的人

而麻雀端出了它们的口琴

非启示录

你要从四楼窗口

静静地观察

连接的山脊勾勒了一个轮廓

而使天空成为一幅有内容的宣纸

再用一颗星星制作一颗更大的星星

悬停于天天磨星上方

但有一颗，溜到猪槽岭那边去了

它们都没有想法演绎为星辰

一闪一闪的萤火虫让树林

也拥有了星星

它们微弱的小灯笼不是用来照明

也不是举荐给自身确定人间的理想

夜太深了

如此，发光的事物显得足够真实

你会对这样的天地产生好感

在这山谷唯一的建筑内

蟋蟀在有序地熄灭不烂之舌

和发动机的声音，蛙鸣

偶尔前来增援——

你会把寂静听作寂静

在这种情形下，你觉得眼睛和耳膜

真正发挥了作用，并以一己之力

"穿透事物有形的困境"

静 默

我在四处突破。比如迷惑于
阿什贝利散装的词语
陷入它们的歧途。他说
"明天你会在一个白色的公园里散步"

需要一个客观的春天
消弭我三分之一的悲伤。樱花无条件
支持杏花、桃花，以及所有果实

我没有听到炮声，但是不能说
我的身体不是阵地
那遍布的弹坑和次声波。

我是谨慎的。咽喉和伤口有一个总管家
不是道德

2022 年 3 月

冬日午后

我为冬日午后这个懒散的时光

写个好几首诗

现在又沉溺在这样的氛围

我所消磨的不会是时间，也不会是

个人意志

在这样的阳光里

遥远的热情烘烤着体内最寒冷的部分

我会突然爱上冬天。我觉得

一个人无所事事

兑现着所有贬义词的积极意义

那种空洞或许深刻地穿透了一个虫洞

比如我写到过的那棵栎树

在一阵突如其来的大风里

它的整个身体大幅度扭动着，

几根树枝弯腰，在地面捡回那些落叶

从一个喜欢发言的诗人这里

夺回诗歌一个侧面的真理

2021 年 12 月

一半左右

在某些时候，我不得不把灵魂
和肉体分开
我支持说谎者的时候
在喜欢一朵白云和用美丽限制的
所有中心语。我混迹于白天
准备基本的购买力
晚上翻找一批伟大的纸张
在它们中间
词语撑着另一个首都
因为写诗，我即将获得万物的名字
以此对冲倾向颓败的基金世界
保住了良心的基本面。
我所热爱的太阳从两个地方升起
持续地维系着光的秩序

2021 年 12 月

词语的房子

我的词语分别是
钢筋、水泥砖、大理石和电焊

那样我的房子牢固
有一定高度，光洁和无缝

可以腾挪，跳跃，违反常识
光着脚躺下，并在雨天接待自己

看不见朝阳一点点推走乌云
因为它对应的隐喻，仍然弥漫

只是，秋天快递的果实
无门可敲，也没有窗可以提取

有关蜘蛛的几种可能性

有两种可能性
大象是其中之一

它的网无力兜住它的力量
它的热血和獠牙
也就是说
构思有它相对的弱点

虱子有另一种可能
它的体形、落点、幽暗以及
欠缺的技能
躲过灭顶之灾

此外，精通编织的蜘蛛
不能捕捉一枚
孤悬的月亮，尽管它的丝织材料
来自人体

稻草人

在野孩子自然部落入门处
站着四个稻草人
一个鼓掌，一个躬身，其余肃立
稻草的门童
太阳退役的升旗手
给我们提鞋、整衣，恭候我们这些
超龄的孩子
不过我们的光屁股丢在裤子里了

我们涂在笑容上的污泥丢了
我们衣冠楚楚
参观了活着的稻米、玉米、回忆
用手机相册带回一朵
放大了尺寸的花。
但在我们进门时，稻草人没有引用一只
调皮的麻雀

2021 年 10 月 24 日

发　现

我是被固定的
像一个车架号
我的身份证丢失
要联系报纸的夹缝
刊登遗失启事

以免冒用或盗走
以免活着的人
写一份虚假的讣告

2020 年 8 月 27 日

闪　电

我需要喘息，撕开一道口子
秘密、负罪、巨大腹腔中的肿瘤
需要一把手术刀
利索地划开。
我将开始出走，但不是逃离
拖着闷雷的行李箱
塞着乌云，稀薄的星斗在下面一层。
赶在落泪之前，把天空读完
一张逐渐失血的脸，坐学步车的鹰
被反复削减的阳光。
打开门，光拥挤着进屋
——这灰色的内心，古老窗棂的仿写
隔离和元音
需要一次发现、点亮、清洗。
我快速投掷流星锤，从这端到那端
还能有多少力量
替我计算距离，声线，摧毁
公开惊天谜团。
一架钢琴上，我用力按下白键
那一记震耳欲聋的命运。

把河流挂起来

那一道闪光，是水，但没有大海等待
一股冰川，自主地、节制地解冻
我叫喊一次，然后收回。

2019 年 10 月 13 日

或许蝙蝠

蝙蝠停在
它自身的黑暗里
它的周围
都是它

那么多蝙蝠
互为替身
加深悬崖的颜色
飞行犹如
有声音的乌云

唯有这双翅膀
背不动阳光
它有一黑到底的耐心
有理论上的洞穴
供它安眠

蝙蝠穿着夜行衣
与人世保持
修辞上的一致
它也以为，它的翅膀
与天使一致

没有理由反驳

你丢掉的落日不止一个

你的羞愧短缺

仍以白云的姿态

向月亮劝酒

2020 年 7 月 1 日

午 睡

我要躺下去
像一个狭长的横截面
我将由立体改为平面
这样减省了自己的身体
重量
血的流速和思想
像一张擦掉字迹的薄纸张
平展在沙发上
而不凸起
我将自然地
由平视改为仰视
而不用那么劳累
无须看到人间缝隙、嘴脸
垂下的有理由的绳索
我的头和我的脚
在同一水平
而不用一高一低，头重脚轻
顾此忘彼
我将在房间里
轻松地离开这个房间
窗外的大街
一切左右着我的杂声和

体内的鸟鸣

像一次高明的昏迷

我将苏醒

睁眼看见的不是天花板

就是天

2020 年 8 月 10 日

树 荫

它是影子
不是树本身
关于爱情
在炽热的夏日
阳光投喂的蜂蜜

我是本身
影子已被爱情注销
我必须是阴郁的，我将
与世间对等

2020 年 7 月 21 日

社会学蚂蚁

一只社会学的蚂蚁
在比喻里缩小
它的体形同时拥有
自谦的美德
它很小了，它还想更小
在眼睛的边界
一条地缝正在等候
它微小的爬行
失去了理论上的危险

同时删除了语言，继而
哭笑不得
这个黑漆漆的光头
用细腿顶起来
放瘪的内胎
一片落叶足够打乱道路
仅有馊气的苍蝇
从理想那头飞过来

这样仍然不行
人间是一只巨大的鞋底

梦是一个主题

梦是一个主题

反派的现实

它必须离开时间。

我睡去了。花朵醒来

蝴蝶沿着

花香的边缘

用彩色翅膀唱主题曲

我快马加鞭

被梦修改为一个后仰

我将被清晨叫醒

等于勒住

一匹马的脖子

勒住悬崖

镜子以一种比喻出现

它的虚构

是梦的虚构，它的真实也是

梦的真实

因此玻璃用透明

它的浅和空

探讨深，它深不可测

像与清晨的露水

同时下凡的鸟鸣

这些属于

偶然性误入

反过来看

我睁开眼睛，梦开始了

现实是另一个主题

我开始铺设一条暗线

一处伏笔

2020 年 7 月 7 日

鸡　毛

鸡毛摇着拨浪鼓

正在飞上天

鸡毛在离开鸡以后破产了

我捡了一片

充当令箭

作为近亲，鸡汤被词语勾兑

与此同时

鸡正在竭力撇清这个

有难度的名字

2020 年 5 月 26 日

黑色练习曲（五）

1

他总在凌晨时分认识自己
找回皎洁的月光
以及光线形成的安静

山谷里的金色庙宇
乌鸦拖着阴影的裙子在上香

2

冬天深入浅出
天色似是而非
山河的治丧委员会
正在给一朵菊花
举行哀悼仪式

3

人固有一生。在泰山和鸿毛
之间。
谁会接纳我们？

秋　天

银杏叶落下三分之一
在车顶
形成一张毯子

天气转凉，汽车一动不动
这张毯子
盖着一块铁皮

一个人出去没有回来
一个人在给
大海舀水，一个人在替蚂蚁打洞

轮子停在自己的角落
它的旁边
高耸的银杏树唱着西风的颂曲

2023 年 8 月

第三辑

你那么小

朋友的信息

我一直在想
早晨时分
一个朋友为什么发给我一条信息
问候我晚上好

我猜测着我们的友谊
他的眼睛
是否依旧亮晶晶的，看着我
在空气中保持着一道光

他在言说着一个象征吗？
这也不错。
我一直行进的方向。
落日自那个垭口发给我一个定位。

朋友在一个叫圣保罗的地方
享用晚餐。一份牛排，一个煎蛋
穿过落地玻璃窗的白云
挂在他的叉子上

一个词

办公楼外墙

风从安静之地赶到法国梧桐上

摇晃的舞台内部

知了的合唱忽然响起

一件红色内衣

从身体撤下来的没有字迹的锦旗

在青苔的窗口下方

牢牢把持着拾荒者的视线

七月的阳光变得更集中了

别的

也没有什么

他有多久没有团聚了？

在商场里

今天我来这里闲逛。有一刻
看见戏台另一侧
在一个假扮的大熊旁边……

多么璀璨的灯光。人世繁华如促销
有一处身体的集中营
我联系不到任何一颗心

我没有爱过她。因此不是闪电。
穿过琳琅满目的商品，我让一个
货架挡住脸，躲避一次对焦

景物互相寒暄。
导购员把我喊到一个衣架前面
我在陌生的衣服里看到自己

2022 年 3 月

早　上

我用手指点了一下铃铛
又点了一下

它发出孩子的声音
是一群孩子在碰触他们单一的喉咙

我笑了
把眉头挂到串线上

叮叮当当地
挽救了一个白天

我仍然爱着我的身体

我仍然爱着我的身体。我的眼睛。
在月亮不肯回来时
黑夜仍然充当基本的象征

我抵达的工具还有两只脚
它们去过有限的地方
幸运的是，我给白云安装过小风的轮子
看着它，一点点驶进山脊，停驻于月亮边上
形成一小块银子

我的手触摸过汗毛的怜悯
自由地漫游在皮肤表面，但是
我最爱的心脏不让我去。

2022 年 8 月 19 日

灵　鸟

——给一位诗人

一只鸟悬在意象上
打算飞往
另一个意象

城市吐出了露台
在它咽下夜晚的最后一口气之后。
一只不具名的鸟在露台外
准备了一根语言的树枝

它停在上面
第一缕阳光获得了剪影权
这时我刚刚拉开窗幔

它生动地进入我的歧途
误食隐喻的小虫
它朗读着
风准备的稿子

但在有一点上是确定的——
它飞到东，飞到西，灰色的翅膀搭在空气上
它的尖喙像一个没有着落的词语
谁的号令都不能把它塞回自身

局　部

他的左脚稍稍提起。他是有鞋子的
有衣服、裤子和手。
天空有些灰黄，潮水的头部卷出这张纸的平面
使这张纸看起来不像一张纸

似乎都完成了。但他的脸还是空白的
局部的未完成，使他成为丢失鼻子的人
这样便创作了另一个世界

他用这样局部的纸，走在潮水边上
这个人单薄的身体
只有一个终点

星光下

多么静谧啊

喜欢说话的人逊位于蟋蟀

小溪获得青山的恩准

在它脚下栖身

我的身体里

正在制止那些差点成为真理的恶行

去玷污这些遥远的眼睛

洗漱的事物不仅是水

星光免除了一片树叶形成的盲区

2022 年 9 月 23 日

中秋（一）

一个圆圈高悬于朝西的虚空中，
向我索要它的疼痛

我把它理解为团圆。在椎间盘
向生活弯曲的时候

我注意到它的深邃、不可测
它伸出的光芒是援手还是质询？

秋的仲裁者，一个无限的广角
观察着灵魂与我的合照

2022 年 9 月 10 日

草 坪

我们这些小的
更小的
低矮的和更低矮的。
接近蚂蚁和被蚂蚁拜访的
这些根。这些
难以形成阴影的事物

暴雨的落脚点
跟春雪最后一个客人告别
的一瓣茎叶
它抖了一下像是挥手
我们的经验以及安静
自己吸收的眼泪

是什么允许着我们呢
这些收割机
掌握的尺寸
我们这些不能出声的疼痛。
断掉了一截
保留下来的平整和美观的一脉

初 夏

昨天烈日炎炎
泪腺布置在
一朵积雨云里

雨下不停。什么在对应人间？
这样也让我欣慰
这世界还有阳光
还有眼泪

2022 年 5 月

阳 光

阳光作为一匹忠犬
舔舐着身上
由高大的刺槐和人物留下的阴影

它无声地追随，
它的尾巴在我思想里不停摇动
而我得以走在前面

我仔细想过这事。
什么是朴素的。会把给自己的惩戒
融化成连为一片的光芒？

什么事物愿意让我
用一根小绳子
牵住有很多绒毛的脖颈的忠诚

除了那天空提供的。
不会吼叫的。

2022 年 5 月

搁 浅

一条抹香鲸
搁浅在象山石浦港的沙滩上

它挣扎着，竭力晃动身子，
已经奄奄一息

一个巨物，给人世送来一个大海，
抑或出于对潮水的信任？

渔民对着它洒水，四只小渔船拉着它
用人类的小型发动机

它的背鳍慢慢地被海水覆盖
像一艘没有目的的潜艇

回到它的深度
和我们目不能及的抽象中
并重新获得了时间

亲爱的孩子

生白血病的孩子禾禾躺在病床上
一个电视剧里的孩子
被剧情安排了一件残忍的事
而导演不是命运。
这个小女孩将接受化疗
她的继父，被视作爸爸的人
想出一个游戏
输了就让对方剪下一缕头发
直到两个人都成为光头，继父告诉孩子
这是世界上最好的光头

赞美回忆

他们喜欢回忆小时候
他们的善良是碘酒和棉签
那口呵气
延伸至一个鸟类，翅膀上的伤口

一颗流星的坠跌，月亮上的
民间传说
许许多多不及物的事物。好人心
诸如此类

或者……一些例子

有些人喜欢回忆岁月
赞美它们的贫穷

节日记

在汨罗江边
他就近解决了死亡

江水汤汤而透明。
他怀沙
为了让自己不再浮出水面

但良心没有沉底
有两千年以上的长度。这让死亡
成为另一种胜利

他把楚国传给了每一个人
借一个节日提醒我们

但我的心避开那块巨石
制作了一个浮标

对　饮

我确信液体能够成为火焰

而言辞可以烘干，恢复它的严肃性

小方桌撑起了一组信任

用来交换彼此的井口和鸟雀

一碟花生米，一颗一颗交给我们咀嚼

剩余的是三粒星星

我们最终与两个空瓶子置换了腹腔

但时间克扣了我们的愿望

2022 年 6 月 12 日

失 误

一只蜂子绕着我飞

在我的身上

留下一条绳索

在我的耳根

在我胸前和背部

它疑惑一个春天的变故

它显得有些烦躁

用一根空针管

在我手指深处勘探

后来它离开我

绑走了一个

失去糖分的人

2022 年 7 月 29 日

削苹果

我在削一只苹果，一个人替另一个人
脱下衣服
甜蜜的相同过程。当然
用一把刀揭开苹果，可能引发秋天的
一场细雨——对秋天来说
悬挂不是最好的方式。尤其是
憋红的脸，那自刎的表皮。

没有多少意义。我的锋利局限于一只苹果
这无须客套
解释权归舌尖所有，就像一个孩子
看到新装，替他脱下来再说出来
黑字替一页荒唐的白纸说出来
我只是在削一只苹果，稍后咬下半个秘密

摘星星

摘星星是一门技术，用书面语
把星星完整地摘下来
不是一门技术

要有一个足额的宇宙。宇宙深而辽远
容纳足够多的冰凌和恒星
空寂，凸起或者沟壑
大跨度塌陷、旋转，并获得其中的教诲

要有夜晚。奇崛的群峰覆住落日
露台正对着孤独。我想起发光的人
他们的富矿。一支铅笔，事先经过刀锋
瘦削而不易折损

之后，我做错的所有事情
写错的诗，糕点，分泌物
都是因为星光
都因为它，不是一门技术

终于有了光线的影子

漫长的雨天，从去年落过来
好像破落的家道
现在是 1 月 17 日清晨
窗帘透进的光，像久别的真理

爱或梦想，这些习以为常的事物
这些财富之外的飞鸟
免费的呼吸，被忽略之后
重新停留在向东的办公桌上

古老的箴言，像春草
总归会在一个季节重现，哪怕
阳光曾被云长时间截留
道路在雨水里泡出时间的坑坑洼洼。

终于有了光线的影子
温暖不期而至，似乎又一次开放的人生
晾衣架颜色缤纷
作为阳光的呈堂证供

草 木

草木一秋，褪去衣衫

扣押我的灵魂

这金黄的气派，显示它的宗教

每棵草木都有一次宿命

吐纳长风，而后落下繁华

在每个季节活成应该的山水

在群鸟飞舞的口水里独享古时的烟岚

季节不时吹起阵阵北风

人们回首找到草木的义理

要不灌满思想，要不剥光所有的外套

树

——为文君兄摄影配诗

直面肃穆的站立，我的剑气已消散
一棵大树背后
众多缩小的影子，让我知晓
生命本来的含义。
它们脚下踩着虚无
让我关注一瓣小小的黄金枝叶
像众多严肃的静谧里
伸出的生机。
树有自己的排列，就像尘世
我的喜悦仅作闲散的小菜
配给这多年的景致。

零，或大于一

离开的人有憨厚的笑
有风
带走他
固态的骨头

他留下
那排低矮的老屋
超过了殿堂
供潮水般的人瞻仰

一条皮带
起毛了
外物的残损透露着存在的美
星空保留着一个洞

我们心中捧着的
一束黄菊花
我们噙着的一滴眼泪
都是有外延的

2023 年 10 月 30 日

周日大事

人创作的事情，只有
一个相对永远
或者他个体希望里的永远
比如诗歌和对自我的信任而说的话
我明白这个道理
我就不会浪费照到我床边的阳光
等下它会成为一只猫
用轻柔的爪子，跳到我被子上
而鸟落在窗台
已经叫了三个小时
我拥有周日早上的一个懒觉
那么短暂的事情

2022 年 11 月 6 日

下雪回忆

理发师的肚子咕咕叫着。

我能听见物理的声音。

午餐时间过去大半，天空用雪

粉刷着树冠，花坛里

未被遮挡的地方。

他的消化道永不停息，敲击着生活。

白大褂披在我的身上

里面患上饥荒

我的词语堆积着，但算不上粮仓。

2022 年 12 月 7 日

圣诞节

不同的上帝照顾着不同的人们。

我没有确定下来一个日期

用一棵树张灯结彩。

都有一个老人戴着幽默的帽子

分发各自意愿。

缺少蔗糖的人得到祝福

孩子不受面包之伤。

不同的人们遗弃不同的上帝。

2022 年 12 月 25 日

夏 倦

我用雷阵雨的鼾声呼应这蓬勃
用呼吸的飓风搬动大海

用反复使用的南柯一梦
复制理想、彼岸，盛大的太阳
用烧焦的汗腺
历史里南下的冷空气

用躺下后剩余的体力，离开我

2020 年 3 月

江边听琴

这暗夜里的流水
舒缓的陈述
正在渗进浮肿的黑暗里

琴弦是上游
我是下游
无月的夜像另一种过门

那个弹奏《送别》的《城南旧事》
是十三岁的吉他，准确
回忆一个世纪前的李叔同

2020 年 8 月

你那么小

你那么小，那么软
眼泪那么重

你的溪流那么浅
又那么深。

在浅水区和深水区之间
你搬运卵石，用不够纯熟的技术

你的燕子灵动，但低回于
你的宇宙，被沟壑别住

你坠下的星体，填写委屈的洼地
眼泪里，其中一滴来自银河

在词语与词语中间
大跨度的空缺犹如没有语义的暗叹

灵魂的暗格
住满了不能见面的自己

2020 年 10 月

此刻安静

鸟笔直地飞过

突然会出现一个小小的弧度

那么快速，桥梁架在它的翅膀上

五月初，雨线拉长着

水的生命

从天上到地上

两个虚无之间，都有它们的站点

微风中，绿叶在敲打着春天

一簇三角梅停在某个窗口

代替一个主人

平常的景象，天空和我各得一半

某个店铺，开张的唢呐安静下来

我喝了一口茶，虚度了自己

2021 年 5 月 13 日

梦

假如我的梦
必须套在你的梦中

我会迫使自己
暂时老去

撤销一部分脑细胞
或者醒着，看月亮转换成一滴露珠

2021 年 6 月 16 日

自画像（一）

一个急于收尾的人
我的皱纹里不包括岁月

对过程没有好感。我只活了两天
第一天和最后一天

我的事业就是忘记，降解昨天是一场小事故

山水不错。一切我们认定的
低等动物不错。它们只有婉转的音乐

一件事情有一半缺口
我感到非常满意，比如写诗

2021 年 4 月 12 日

眼 前

夜越深，星星越多
光很痛苦
像一句来自天空的反问

灯光十分辉煌
灯光试图还原太阳
但黑暗仍然是一个基本事实

江边的灯光在试水
流水不够配合
流走它们大部分扭转不了的暗淡

宇宙广袤无垠，容得下
不同的发光体
但不包括乔装的言辞

比较起来，我与星星更近便一些
我保持着遥远的灯盏
没有改变青年

2020 年 11 月 9 日

在书房

在清理书架的时候，我看见
海子躺着，海明威躺着
姓海的和不姓海的都躺着
我突然发现，那么多人都躺着
我是想抽去一根铁轨的，我也想
把一支双筒猎枪抬高一寸
因为一匹马需要喂养
而乞力马扎罗的雪蒙上了灰尘
我们都还活着，你们
怎么能躺下呢？
现在，我唯一能做的
是把你们竖起来
使你们在书架上显得有些尊严

2018 年 11 月

婚　礼

这一对漂亮的年轻人
双手合力
地球刚刚被拨正了一次

新娘的婚纱是伴娘的婚纱
所有人的婚纱
等同于雪的洁白，白发的永远
那不可或缺的服饰，仅有一晚

没有牧师，但上帝没有被夺走
证婚人提到忠诚、贫富、健康和疾病
提到互爱、珍惜、陪伴
以及生命的尽头
这些词语，普通、朴实，爱的飓风中
红色的级别
是再一次洗刷我们的圣水

是爱
再一次提醒我们。一双手
找到另一双手
一个胸膛找到另一个胸膛
是为了幸福地提着
一个正确的星球

譬如朝露

他觉得人生太短
而胸膛辽阔
像一颗早晨的露珠
在完成一个大海

2021 年 3 月

对岸的歌声

一种对于黑暗来说
幽灵的声音

那个虚胖的黑暗
满头大汗
没有减肥的想法
像这个夏夜的炎热

那个声音在对岸落户
喉头住着一个
十三四岁的小姑娘

吉他住在小姑娘怀里
琴弦住在心里
两种声音
就像两种美好交织
总是配合默契
穿着花裙子联袂渡江

乌云这个背景训练有素
但我反复听到一支《送别》
多么轻柔，多么清晰

一根悠扬的小手指
往寂静涂月色

黑暗松动了一些
好像这个世界突然轻柔
我在这边走路
摆脱了意义的尾随

2020 年 10 月

致　Z

他的窗前，已经积攒了很多落日

购买暮色和意志

他多么在意时间之快，浦阳江之速

当他支配着自己，缺席于身体

我并不鼓励他快乐

我愿意在一个下午，替他拨动轮椅的

其中一只轮子

去拉长一个夕阳

2021 年 12 月 20 日

爱 情

需要这样的高度、面型、海的深度
这样的唯一
在我心里不停扔石子
而我毫无办法

我被自己吞噬、羞辱
但我拿来了青年
给自己当那一层薄纸

2020 年 7 月 26 日

好东西

太阳、月亮，还有银河
它们照耀下的爱情
和选举

南部的秋天、枫叶的山地、气压、
水
空阔的、澄澈的、未被塞住的
鼻子和眼睛

稍早一点的书籍
诗歌，作为一个诗歌写作者
它们统率下的灵魂和勾勒

它们都很遥远
近一点的，也因为灯火
越来越远了

2020 年 11 月 19 日

下午时光

在靠窗的办公桌前枯坐一会儿
接近了天空

太阳刚刚被雨水调匀
天空在白云和乌云间保持平衡

我就这么不偏不倚
接过了这个巨大的空白

午　睡

三把椅子相接

我躺下去，这逼仄又宽阔的床铺。

梦开始为左脑打造锁芯

钥匙由阳光掌控

键盘，紧急通知，尚未成为纸屑的公文

反锁于不够尽职的星星之外

呼吸的木桨和身体的船

合力叫醒的波纹

我的湖面即将大于我的焦虑

凌晨三点

入睡。从睡梦中出来。
由一个偶然抵达另一个偶然
在原地完成遥远的互访

两个相识的人
被呼吸的通道合拢、隔离
一个出走边界的人
放不下另一个身处尘世的人

2021 年 1 月 20 日

后半夜

这时相对安静
苍蝇和坏人都染指了梦境
黑暗解除了棍棒、经文以及道德
为了这一点，我甚至可以
抛弃星光
而月亮也成为李白的不实之词
我从底部捞起了事实
开始欣赏原来我反对的东西

2021 年 11 月

自己感动

寻找一个词

像在寻找数根胡须和双眼之泪

这其实就是抓耳挠腮

和自我阅读效果

写完一句

他的胡须没有了

他把泪擦掉，看到别人变成了双眼皮

2022 年 1 月

深夜启示录

深夜横穿空荡荡的斑马线

一分钟没有汽车经过,月亮把一幢

完整的高楼还给影子

寂静降解了拥堵和尾气。地面

还原到地表本身

红绿灯指挥着这些遗迹。不能嘲笑

有些人迫不及待地自称当代诗人了

一只野猫蹲在马路牙子上

消灭了人类

2021 年 12 月

你　好

我说你好，你好
我是在向礼拜天说
向休息日——
一个无形说。真好啊
我由衷地说

我总是将很小一部分
你好——
保存着。说给虚无
说给不实用
说给冬天，它使万物露出底色

或者诗，准确的词语和
寒冷的句子
它隐藏着，但终于被我找到
或者苏格拉底和一个
遛狗的诗人
说给真实，松绑的灵魂

你好啊，你们！
一个少数
一次内涵和外延
乌鸫和花楸树分管的早晨

小　鸟

它只有一种声音
不需要词典、语法、修辞学
以跟事实接近

以成为美的象征
我们无法模仿的言语
像从未听见过的
自己梦的叫声

以轻便的羽毛
告诉天空的答案
在我的窗口
传递森林
它的深渊是一粒霰弹

事实跳崖了
我的鸣叫是它的亲戚
但不敢登门

2020 年 7 月 30 日

跟三个医生吃饭

与医生的电绝缘，身体在靠近
外科、眼科、肛肠科在找我
手术刀想要退缩
无影灯下，危重的包裹急于打开
医术站在背后。
酒瓶里的诗是不断的气泡
我需要三次电击，三种不同的锋刃
诗在点头
疼痛给我下定义。我已经把野生的我
一网打尽

2019 年 6 月

年轻的爸爸

晚上十点

加班后，行车一百公里

回家

路过塔山公园

塔尖

指向了夜空

星星在倒车

街道空旷，像一次偶得的

实验结果

孩子已经入睡

年轻的爸爸

脱下

工作服

他要洗个澡

去床头

吻一吻他的孩子

2023 年 9 月

孩子的诗

爷爷正在看电视，奶奶在准备晚餐。
我独自在爬楼梯。
我刚刚学会这项本领，
还不能站立。
宝莉想去看月亮，用两个甜甜圈
做轮子，
车筐是一顶三角形的帽子。
太阳斜斜地穿过小木凳。我知道
装着小熊的城堡，
外面有一棵树长满了橘子。
我还不知道一个国家
从水里上升，
像一条鱼，通过洋流漫上电视屏幕。
穿着西服的人在讲听不懂的话。

2023 年 8 月

孙儿周岁作

1

加入你幼小的气流

在漫长的生命里

吹动第一次的一支蜡烛

握住你的小手

用一把塑料刀子

在绵软的奶油上留下一道印痕

你还不知道这是蛋糕

这是圆里面

属于你的一个三角形

那亮晶晶的

太阳、星星、红苹果。一个叫宝莉的小姑娘

在童话书里乘车

你就知道这些

2

天才是

把红包扔在地上的那个宝贝

爱

我任凭一个孩子撕咬我的手臂
无限制提供
我的疼痛

我只是在宠溺一颗
发痒的新牙
不是恨世界的那一颗

2023 年 8 月

孩子的散文

1

爷爷抱着孩子
用孩子的小食指数脚趾
一二三四五
他们反复地数着
孩子被一串新奇的发音诱惑
专注地盯着这些脚趾
它们产生了意义

2

孩子把一只苹果撮起来扔到地上
然后推下茶几上的扇子
小皮球，一个装着糖的罐头
他玩得很开心
他笑着把魔方推到地板上
最后拎起一个塑料玩具，使劲掷下去
在地板上发出很大的声响
这个玩具是两只小红球的滑梯
孩子打乱着茶几的秩序

他只需要听到这些东西落地的声音

3

抱着孩子

我说

宝贝，在干吗呢

孩子用手

迅捷地

推开我的脸

他拒绝

我打扰他的思索

而我没有勇气

让一个喋喋不休的人

闭嘴

4

九个月多的宝宝

还算不上儿童

我的孩子做了爸爸，早已过了儿童这个时候

我始终不能固定所有

美好的名字

今天去追赶草坪上一只小小的爬虫

迎接一个儿童诞生

在一些可爱的事物里

获得节日的安慰

5

他在产床发出第一声啼哭的时候，

我知道新诞生的王

将要移交给一个孩子

6

孩子，这个夏天真热

你是我唯一听到的好消息。

今天我给你擦爽肤粉

用其中一个没有裂纹的手指

你的身体刚刚到来

而我的手恰好从火炉子里退休。

你多么嫩啊

我的其他几根手指是雷声。

我一直替这个世界担忧

现在迁移给你，并成为将来时。

孩子，我愿意弯下快要六十岁的腰

在暗淡下去的眼睛里重新插电

丝毫不差，把爱均匀地分布在你身上

7

我的事业在于一双小手

它们漫无目的地抓取

有时挥舞着

像一个不拿银针的指挥家

配合着他的啼哭

他的小手多么有力

捏着我的食指

拉我出人间

8

天使把一个手指

含在嘴里

用力吮吸着

另一只手用指甲掐我脖子的皮

咯咯地笑

天使以此为乐

我也以此为乐

因为世界，除了痛

我不知道还剩多少乐趣

孩子

孩子把大拇指塞进攥紧的其他手指

用嘴吮吸这个小拳头

他多么投入啊，他粉色的嘴唇

用力地试探这种空虚

舔着自身所带的人间美味，在我角度里

发出真理赐予的美妙声音

他把口水均匀地涂抹在上面

忘记了世界给他的那间小房子里

存放着母乳和奶粉

2022 年 10 月 20 日

关于熊的梦

在梦里
一头熊朝我扑过来
它的身上都是毛
体形大得
像一个地球
它的眼睛红彤彤的
像牙齿多出来的一个理由
我被吓醒了
它的巨爪
扑了一个空

2022 年 11 月 14 日

心　疼

看着一个孩子
明澈的眼睛
他滑梯一样的皮肤和盯着自己的
小拳头端详的神情
我就很开心。
后来
想到他将成为我。在自己
和一床玩具之间置换
将对一辆电动玩具汽车失去兴趣。
我突然感到心疼。

2022 年 11 月 10 日

热爱孩子

一生，只有一种可能性
丢失并忘记自己
唯一的，啼哭和欢笑有一个等号
这远道而来，渐渐看清楚的真理
我的爱停在他微皱的眉头上

2022 年 9 月

写 字

我用手指在你小手掌比画着两个字

我让它们匿迹。

或者在你手中溢出

成为房舍、绿树、从豆角里窜出的虫子

在你注意力里飞舞的七星瓢虫

你不能掌握它里面所有

实在的东西

你现在还不能捡起一颗

小小的饭粒。世界——

它暂时还不能磨损你的白云

但这是它的本质

当我写好，你撒开小手弃置不顾

在空出来的地方

金色的沙子迅速填满了它们

2023 年 9 月

立春日

早上我去江边公园看望蜡梅

树枝上

有急不可耐的春天

安慰一个不期而至的人

我突然想到，唯有大自然

恭候你光临

日光渐长，随着缓慢的江水。

我所脱离的寒意

会另寻一份雨滴的工作

催促肚子里的花

我抱着亲爱的孩子去公园

这是他的第一个春天

他的笑跑在蜡梅前面

在我怀抱里开放

2023 年 2 月 4 日

看图说话

这是大大的狗
这是小小的狗
这是很小很小的狗

狗走过来
露出一个脑袋
狗走过去
留下一个屁股

带斑点的狗在照镜子
两条一模一样的狗
在相互沦陷

这是啃肉骨头的狗
这是一直不停奔跑的狗
生气的狗被真理迷惑
不肯回到狗窝

痴人说

这一切没有发生过多好。接下去
应该是这样的：
坏人没有当道，白云
围着青山的领子
多么无瑕啊。沿着人类和万物
构筑了一个界碑。
今天不用想完明天的事情
才华刚刚够用。
我有机会用竹篱笆复古
里面有两垄黄菊
我从我那里请出一个隐居的陶渊明

光 斑

下午的阳光穿过窗帘的漏洞

在客厅的大理石地板

留下一个光斑

孩子好奇地用脚踩着这个斑点

它移至孩子的脚背

孩子在它上面快速地来回

光闪耀在

一个移动的小身体上

形成一个不能把握的秘密

孩子不知道

光不会被我们的脚踩踏

它一直居住在我们的上面

2023 年 11 月 1 日

后　记

一

断断续续，从一九八〇年代中期开始，写诗已有三十余年。

但间断长达二十年。

从对诗的狂热到平淡放手，到二〇一五年重新捡起这一份荒芜已久的热爱，我积攒了五百余首诗歌。

由于自身的惰性，一直疏于整理。在诗歌圈好友的鼓动下，咬牙筛选出其中的二百多首，交付长江文艺出版社，结集付梓。

我说的懒惰，并非指写作。相反，在写作上，是自觉的，是勤奋的。只是写完一首就束之高阁，不顾其他。

诗是一道极刑。在它非凡的绞刑架上，诗人们主动献上了他们矜持的脖子。

我也是。年齿徒增，但诗歌住在身体内部。

它是陈旧的，又是新鲜的，像一道光，与时间永恒垂直。

就像我在小诗《牧岛山庄》中所写：

我爱大部分陈旧的事物

大海、天空、它们叙述的波浪和群星

陈旧的事物发出新鲜的光

包括汹涌而至的明天。

二

"一个人涉猎诗歌并且发现诗歌是他的生命……我感到我已掘进现实生活中去了。"（希尼）这或许可以解释一生中，我自己也不清楚的写作历程。

于我而言，没有更好的方式来记录自己了。

我手拙，对绘画没有兴趣。世界的画面在脑子里成型，只能迂回至句子，呈现它。但不提供方法。

也不止于此。没有刚刚好的布局。有时候，恰巧探知到事物内部。

从裸视的现实中，发现那些比较幽深的东西。

对于思考，我觉得恐惧。

哲学，更是我不敢想象的。因此，我的大部分写作，限于呈现。我把思索移交给喜欢我诗歌的读者。

在一首诗里我说：

我所在的位置高于地面

低于美学

不高不低的露台

适合一个平庸者，在平庸里出逃一会儿

我用星空，把今天洗了一半

这多不容易

要启用另一副旧心肠

而它基本静养

三

只有极少部分人知晓语言的秘密。出于天赋，公认的大师们用语言本身的榫卯，严丝合缝地搭建了诗歌的庙宇。它是神圣的。但更多时候，是我们移走了里面的神，使得我们的朝拜变得肤浅、狭隘和形而下。

诗是母语中极难学习的一门语言。你要在汹涌的水中听到鱼的呻吟；当灰雀从空气中穿过的瞬间，你得记住它的道路。

这多难。

即使触及地面，我也难以捕捉我的影子。

因此，写诗的人，你的命名仍然悬而未决。

我鼓励自己，诗要有趣、随机，然后深入。我抵制歇斯底里和虚浮的眼泪。

我要在花朵最少的时候

开花

我在想，怎样才能开得

郑重其事一点，开得确实是花

是我本身

又不能让冬天

抓住把柄

四

一生过得真快，一切譬如朝露。回忆当初，"像一颗早晨的露珠，在完成一个大海"。

年届耳顺，终于有了第一本集子。

我像一个失而复得的小股东。期待你成为阅读的一边，理解的一边。

诗没有服从。

在此，感谢长江文艺出版社的辛勤编辑，感谢为我作序的诗人、好友李郁葱先生。

是为记。

2024 年 8 月 10 日

图书在版编目（CIP）数据

　　譬如朝露 / 寿劲草著. -- 武汉 ：长江文艺出版社，

2025. 2. -- ISBN 978-7-5702-3827-9

　　Ⅰ．I227

　　中国国家版本馆 CIP 数据核字第 2024F16X98 号

譬如朝露

PIRU ZHAOLU

责任编辑：胡　璇　　　　　　　　责任校对：程华清

封面设计：源画设计　　　　　　　责任印制：邱　莉　王光兴

出版：长江出版传媒 ｜ 长江文艺出版社

地址：武汉市雄楚大街 268 号　　　邮编：430070

发行：长江文艺出版社

http://www.cjlap.com

印刷：湖北新华印务有限公司

开本：880 毫米×1230 毫米　　1/32　　　印张：8.75

版次：2025 年 2 月第 1 版　　　　　2025 年 2 月第 1 次印刷

行数：6143 行

定价：58.00 元